光文社古典新訳文庫

シェリ

コレット

河野万里子訳

kobunsha classics

光文社

Title : CHÉRI
1920
Author : Colette

目次

シェリ

「レア！　くれよ、これ、この真珠のネックレス！　ねえ、レア？　これぼくにくれない？」

薄暗がりで、銅の浮彫《うきぼり》に飾られた錬鉄《れんてつ》製の大きなベッドは、鎧兜《よろいかぶと》のように光っているが、そこから返事は何もない。

「どうしてくれないの？　ぼくにも似合うのに。……っていうか、ぼくのほうが似合うよ！」

カチリと留め金をはめたとたん、ベッドのなかでレースが揺れ動いて、むき出しの両腕が現れた。すらりとして手首の華奢《きゃしゃ》なうっとりするような腕、そしてその先の、気だるそうできれいな手が。

「返して、シェリ、もうじゅうぶん遊んだでしょう」

「まだ楽しんでるんだよ……。ぼくが盗《と》るとでも思ってる?」

陽の光が射《さ》し込むバラ色のカーテンの前で、彼は踊るように動く黒いシルエットになって、まるで燃えさかるかまどを背にした優美な悪魔のようだ。だがベッドのほうへ引き返すなり、全身が、絹のパジャマから柔らかな鹿革の室内履き《バブーシュ》[1]にいたるまで、ふたたび真っ白になった。

「思ってないわ、そんなこと」ベッドから、低く甘やかな声がした。「でも糸がいたむのよ。その真珠は重いから」

「たしかに重い」シェリは真顔になった。「ちょっとからかった、ってわけじゃなかったんだな――この資産をあんたに贈ったやつは」

今度は窓と窓の間にある細長い鏡の前に立って、彼は自分の姿に見入った。非常に美しく、非常に若い青年――背は高からず低からず、黒髪にはクロウタドリ[2]の羽のよ

1　アラブ風の革製のスリッパ。甲の部分にビーズやスパンコールで模様が描かれ、かかとを踏んではく形が多い。
2　ツグミの一種で、全身黒色で嘴と目のまわりが黄色い。春から夏にかけての繁殖期に雄が美しい声でさえずる。

うに青みがかった艶《つや》がある。さっと夜着の前をはだけると、盾のようにたくましく、くすんだ肌の引きしまった胸が現れた。そしてきれいに並んだ歯も、深い色をした目の白目の部分も真珠のネックレスも、同じバラ色の光できらめいている。

「はずして、それ」女の声が、もう一度言った。「聞こえてる?」

青年は鏡の前から動かずに、低く笑った。

「はいはい、聞こえてますよ。ぼくに盗られやしないかって心配してるの、よくわかってるから」

「心配なんかしてないわ。でも、もしあげるって言ったら、あなたほんとうに受け取るんでしょ」

彼はベッドに駆け寄ると、その上に身を投げるようにして丸まった。

「そりゃそうだよ! 世間が言うことなんか超越してるからね、ぼくは。そもそも馬鹿げてるじゃないか。男が女から、タイピンで真珠ひとつ、カフスでふたつもらうのならよくて、五十個もらったら恥だなんて……」

「四十九個」

「ああ、四十九個ね、知ってるさ。で、どう? 言ってよ。これぼくに似合わない?

おかしい？」

彼は、横たわっている女の上にかがみ込むようにしながら、小さく並んだ歯と唇の濡れた裏側も見せて、挑発的に笑った。レアは起き上がると、ベッドの上にすわった。

「いいえ、言わない。だって言っても信じないでしょ。ねえ、そういうふうに鼻に皺《しわ》を寄せて笑うの、やめられない？　鼻の脇に三本皺ができたら、さぞうれしいんでしょうね」

たちまち彼は笑うのをやめ、肌を気づかう熟女のような巧妙さで額の皺を伸ばしながら、顎《あご》の下にもぐっと力を入れた。それからふたりは、敵意をにじませるように見つめ合った。彼女は下着《ランジェリー》やレースの間に肘《ひじ》をついて、彼はベッドの端に横ずわりして。

〈ぼくに皺ができる話をするなんて、まったく、このひとにお似合いだ〉と彼は思い、〈どうしてこの子は笑うと醜くなるのかしら？　ふだんはほんとうに美しいのに〉と彼女は思った。そしてしばらく考えてから、声に出して言った。

「浮かれてると、あなたすごく感じ悪くなるけど……それは意地悪か、からかう気持ちでしか笑わないからなのね。だから醜くなるんだわ。あなた、よく醜く見えるわよ」

「嘘だね！」シェリは怒って叫んだ。

怒りで眉は鼻のつけ根までひそめられ、睫毛《まつげ》で武装されて自信たっぷりの光をたたえた目はひときわ大きくなり、人を小馬鹿にしたような、それでいて清らかな弓形の唇はわずかに開かれている。

レアはほほえんだ。こういう彼を愛していたから――反抗し、結局屈服し、束縛されまいとするが、自由になることもできない。そっと頭に手を置いてやると、彼は頸《くび》木《き》をいやがる動物みたいに、振り払おうとした。レアは、家畜を落ち着かせるときのようにささやいた。

「よしよし……どうしたの……どうしたっていうの」

その広く美しい肩の上に、彼はくずおれた。そして額や鼻を押しつけながら、慣れ親しんだ彼女の凹凸《おうとつ》に合わせて体を添わせ、早くも目を閉じて、ゆっくり過ぎていく朝のもうひと眠りを貪《むさぼ》ろうとした。だがレアは彼を押し戻した。

「だめよ、シェリ！　あなたはわれらがハルピュイア[3]のお宅で、お昼をいただくんでしょ。もう十二時二十分前よ」

「え、あのスポンサーのところで？　あんたも？」

レアはベッドの奥のほうへ、ゆるやかに体をすべらせる。

「わたしは行かない、お休みよ。それで二時半にコーヒーか、六時にお茶か、八時十五分前にシガレットをいただくかにしようかしら……。心配することないわよ、いつもあの人には、いやってほど会ってるんだから……。だいいち今日は呼ばれてないの」

立ち上がったまま拗《す》ねていたシェリは、にわかに茶目っ気を見せて顔を輝かせた。

「あ、わかった！　今日はお上品なお客さまが来るからだ。美人のマリー＝ロールと、あの面倒な小娘《こむすめ》！」

あちこちに視線をさまよわせていたレアの大きな青い目が、ふと定まった。

「そうそう！　でもかわいいじゃない？　あのお嬢さん。母親ほどじゃないけど、かわいいわよね……。そのネックレス、そろそろほんとに返して」

3　ギリシャ神話で、顔と胸が女性、その他が汚れた鳥の姿に描写される怪物。貪欲さと残虐さを象徴する。英語ではハーピー。

「つまんないの」留め金をはずしながら、シェリはため息をついた。「お祝いによさそうだと思ったのに」

レアは片肘をついて身を起こした。

「何のお祝い？」

「ぼくのだよ」シェリはもったいぶりながら、おどけて言った。「ぼくの結婚の、ぼくのお祝いにもらう、ぼくの宝石……」

そしてその場で跳び上がり、バレエのアントルシャ・シス[4]をきれいに決めて両足で着地すると、家政婦の名を叫びながら、頭突きで仕切りのカーテンのむこうに消えていった。

「風呂だ、ローズ！　大急ぎ！　あのスポンサーの家で昼飯だ！」

〈そうね〉レアは考えに沈んだ。〈これでバスルームは大洪水、タオルは八枚びしょ濡れになって、洗面台は髭の剃り屑《くず》だらけになるのよね。ああ、バスルームがふたつあれば……〉

だがそれには衣装戸棚をつぶし、髪を整える小さな部屋の隅を削らなくてはならないのだと、いつものように思い出し、いつもと同じ結論を下した。

〈とにかく、シェリが結婚するまで我慢しましょう〉

彼女はもう一度仰向けに横たわると、ゆうべシェリが暖炉の上に靴下を、小さな机の上にはトランクスを放り投げたままにしていて、レアの胸像には首にネクタイが巻きついているのに気がついた。情熱の名残《なごり》のような男っぽいその散らかしぶりに、彼女は思わずほほえむと、青く澄んだ大きな目をなかば閉じた。栗色の睫毛は今もふさふさしている。

レア・ド・ロンヴァルことレオニー・ヴァロンは、四十九歳を迎えて、高級娼婦としての幸せな半生《キャリア》を終えようとしていた。金利収入がじゅうぶんあるうえ、もともと気立てがよかったので、恋の華々《はなばな》しい破局や気高き胸の痛みなどとも無縁だった。生まれた年は明かさなかったが、官能的で尊大ともいえるまなざしをシェリに注ぎながら、わたしも多少は自分にやさしくしていい年齢になったと自ら認めている。きれいに片づいた部屋、美しいリネン類やクロス類、熟成したワイン、工夫をこらした料理を、彼女は好んだ。若くてブロンドでちやほやされた昔も、女ざかりを迎え

4　跳躍しているあいだに二回両足を打ちつける動きを三回繰り返し、合計六回とするもの。

て社交界で何不自由ない高級娼婦となってからも、厄介な問題やいかがわしい話には巻き込まれなかったし、一八九五年ごろだったか、人々が馬車でつめかけるオートゥイユ競馬場での競馬開催日《ジュルネ・デ・ドラッグ》に、パリの娯楽新聞『ジル・ブラース』の編集次長が彼女にむかって「親愛なるアーティスト」と呼びかけたときのことは、いまだに友人たちも覚えている。

「アーティスト？　まあ！　わたしのいい人たちったら、ほんとにおしゃべりね……」

彼女と同世代の女たちは、変わることのないその健康な体をひそかに妬《ねた》み、一九一二年当時のファッション[5]に身を包んだ若い女たちは、背中や腹部がふんわりしたドレスをまといながら、レアの豊かすぎる胸を横目で笑ったが、いずれにせよ、どんな女もシェリの存在を羨《うらや》んだ。

「あら、そんな！」レアは言う。「羨むことなんてないわ。奪えばいいじゃない？　鎖につないでいるわけでもないし、あの子ひとりで外出もするし」

もっともこれは半分嘘で、彼女はふたりの関係が——率直な気分に傾いているときには「養子みたいなものよ」と言ったりもしたが——すでに六年続いているのを誇らしく思っているのだ。

「お祝いね……」レアは思い返してつぶやいた。「シェリを結婚させるなんて……無理よ。そんな……残酷な……シェリに若い女の子なんか与えるのは……猟犬の群れに牝鹿《めじか》を放り込むようなものじゃない？　みんなシェリがどんな男の子か知らないのよ」

ベッドの上に投げ出されたままだった真珠のネックレスを、彼女は指先でロザリオのように繰《く》り動かしていた。最近、夜はネックレスをはずすことにしている。シェリは美しい真珠がほんとうに好きで、朝になると撫《な》でまわす。だからつけたままでいると、気づかれてしまうにちがいない——レアの首に肉がついてきて、肌は白さを失い、その下の筋肉もゆるんできたことに。

彼女は横たわったままネックレスを留《と》めると、枕元のコンソールテーブルから手鏡を取った。

5　このころファッションではコルセットを必要としないスタイルとなり、ハイウエストのゆったりしたデザインが流行した。

「庭師みたいじゃないの」彼女は容赦なく評価を下す。「でなければ、野菜作りのおかみさん。ジャガイモ畑にネックレスをしていくノルマンディーの農家のおかみさん。ダチョウの羽根を鼻にさすのと同じぐらい、わたしにお似合いだわ――まったく」そして肩をすくめた。自分のなかの気に入らなくなった箇所について、彼女は手きびしい。健康で生き生きした肌が赤みを帯びてきたのは、日に焼けてしまったようだし、そんな肌に映えるあざやかな青の瞳のまわりにも、くすんだ青い隈《くま》がある。もっとも、誇り高そうな鼻は今もエレガントだ。シェリの母親も「マリー・アントワネットの鼻ね！」と言うのだが、一言こうつけ加えるのを忘れない。「……あと二年もしたら、あのレアも、ルイ十六世の二重顎になるのよ」

歯並びのきれいな口元は、大笑いすることはまずないが、よくほほえみ、たまにゆっくりまばたきをする大きな目と調和がとれている。自信に満ちたその深いほほえみは、見る者をけっして飽きさせず、これまで何度も賞賛されて、詩や歌で讃えられたり写真に撮られたりもしてきた。

体については「よく言われることだけど」とレア。「上質の体は、そのまま長く保てるものよ」今でもこれは鑑賞に堪えるだろう。すらりと高い背、淡くバラ色がかった白い肌に長い脚、イタリアの噴水を飾る水の精《ニンフ》の像のようにすっきりした背中。えくぼのあるお尻に、高い位置できれいな形を保っている胸も、「シェリが結婚した後まで、じゅうぶんいけるわね」。

彼女は起き上がると、薄いガウンに身を包み、自分でカーテンを開けた。正午の光が、バラ色の明るい部屋いっぱいに広がる。昔風の豪華な装飾で彩られた部屋で、窓にはレースが二重に掛けられ、壁にはごく淡いバラ色の絹地が、木材部分には金箔が張られて、電灯はバラ色と白のシェードで覆《おお》われている。家具は骨董品《アンティーク》だが、絹地の部分は新しく張り替えられている。

レアは、少々フェミニンすぎる雰囲気のこの部屋にも、銅と錬鉄によるかなりの傑作と言えそうながっしりしたベッドにも、いやだとは言わなかった。ベッドは見た目がしぶくて地味なうえ、向こう脛《ずね》をぶつければひどく痛い思いをさせられるのだが。

「ええ、ええ」スポンサーであるシェリの母親は、しきりに言ったものだ。「そんなに悪くないわ。私は好きよ、このお部屋。時代を感じるし、シックじゃない？　パイヴァ侯爵夫人[6]の館みたいよね」

この「われらがハルピュイア」の言葉を思い出して、レアは乱れた髪を結い上げながら微笑した。

そのときふたつのドアが音をたて、優雅な家具に靴がぶつかる音も聞こえたので、彼女は急いで顔におしろいをはたいた。シェリがいらだたしげに、ズボンとシャツを身につけたものの付け襟なしで、両耳はタルカムパウダーで真っ白にしたまま飛び込んできた。

「ぼくのタイピンは？　ひでえ家！　いつから人の物をくすねるようになったんだよ？」

「マルセルね。買い物に行くからってネクタイに付けていったわ」レアは、すまして答える。

ユーモアのわからないシェリは、まるで石炭のかけらにでも道をふさがれた蟻のように、この冗談にとまどった。そしてせかせか歩いていた足を止め、とりあえずこう答えた。

「そりゃいいや！……じゃあ、ぼくのアンクルブーツは？」

「どの？」

「鹿革《ドゥ・ダン》の！」

化粧台の前にすわっていたレアは、目を上げて熱くやさしいまなざしを送りながら、愛撫するかのようなささやき声で、なにげなさそうに言った。

「あら、自分を間抜け《ダンダン》[7]だなんて言わせるつもりはなかったのよ」

「このぼくが、頭のよさで女性に愛されるようになったら終わりだね」シェリも負けてはいない。「とにかく、タイピンとブーツがいるんだけど」

「どうして？　タイピンなら三つ揃いには、いらないし、靴ならもうはいてるじゃない？」

シェリは地団太《じだんだ》を踏んだ。

「もういい、誰も面倒見てくれないんだ、この家は。もうたくさんだ！」

レアは櫛《くし》を置いた。

「そう！　じゃ、出てって」

6　十九世紀フランスの有名高級娼婦。ポルトガルやプロイセンの貴族との結婚により財をなし、シャンゼリゼに第二帝政時代の象徴となる邸宅を建てた。

7　「鹿革の！」は“De daim!”（ドゥ・ダン）、「間抜け」はdandin（ダンダン）だが、フランス語で発音されるとほぼ同じに聞こえることから、レアがシェリをからかった。

シェリは荒々しく肩をすくめた。

「よく言うよ！」

「出てって。昔からきらいなの、お客に招かれてるのにお料理にけちをつけたり、クリームチーズをガラスにこすりつけたりする人って。立派なお母さまのところに帰って、もうずっとあっちにいなさい、坊や」

彼はレアの視線を受け止めきれなくなって、目を伏せると小学生のように言い返した。

「じゃあ、なんだよ、ぼくはなんにも言っちゃいけないのかよ？　でもヌイイに行くのに車ぐらい貸してくれるだろ？」

「いいえ」

「なんで？」

「二時にはわたしも出かけるし、フィリベールはそのころお昼を食べるから」

「二時にどこ行くの？」

「キリスト教徒としての務めを果たしに。タクシーに乗るのに三フランいる？……馬鹿ねえ」その声は、ふたたびやわらいでいた。「二時にはね、たぶんお母さまのところでコーヒーをいただくわ。いいでしょ、それで？」

彼は小さな牡羊のように、頭を振った。

「でたらめなこと言ったり、なんでもだめって言ったり、ぼくの物を隠したり……」

「あなたったら、いつまでたってもひとりで服を着られないのね」

彼女はシェリの手から付け襟を取ると、ボタンを留めてやり、ネクタイも結んでやった。

「ほうら！……うーん、この紫のネクタイ……美人のマリー＝ロールとご家族にはぴったりでしょうけど……。で、この上に真珠のタイピンまでつける気だったのね？まるであやしい外国人富豪よ……。ついでにイヤリングでもぶら下げる？」

彼はされるがまま、骨抜きにされたようにゆらゆら身をまかせ、ふたたび物憂さと快さにとらえられながら目を閉じた……。

「ヌヌーン[8]、大好き……」彼はつぶやいた。

彼女はシェリの耳のあたりの黒髪をブラシで撫で、青みがかった細い分け目を直す

8 原語は nounoune。シェリがレアに甘えているときの呼びかけ。ヌヌ（nounou）は幼児語で、ばあや、乳母のこと。

と、香水で湿らせた指で両方のこめかみのあたりの髪を整えてやりながら、思わず、すぐそばで誘うように息づいている唇にキスした。シェリは目を開け、唇も開くと、両手を伸ばしてきた……。だが彼女は身を離した。

「だめよ、ほら、一時十五分前！　早く行きなさい。あなたの顔なんかもう見たくないの！」

「二度と？」

「二度と！」いとしい気持ちに突き動かされたまま、彼女は笑ってそう叫んだ。

そしてひとりになると誇らしげにほほえみ、欲しいものを我慢したぎこちないため息もついて、邸宅の中庭を歩いていくシェリの足音に耳をすました。つづいて外を眺め、彼が鉄柵の門を開け、それから閉めて、かろやかな足取りで遠ざかっていくのを見ていた。

彼はたちまち、腕を組んで歩いてきた婦人服店のお使いの女の子三人に、うっとりしたまなざしを投げかけられている。

「きゃー！……信じられない、お人形みたいにきれい！……触らせてくださいってたのんでみる？」

だがシェリは、よくあることなので、振り向きもしなかった。

＊＊＊

「お風呂よ、ローズ！　マニキュア師には帰ってもらって。遅くなっちゃったから。ブルーのテーラードスーツにするわ、新しいあれ。それからブルーの帽子、裏が白いの。靴は舌革[9]のある……あ、ちょっと待って」

レアは脚を組み、くるぶしのあたりをさわると首を振った。

「だめね。レースアップのハーフブーツにするわ、ブルーの子山羊革《キッド》の。今日はなんだか脚がむくんで。この暑さのせいね」

頭をチュールのレースで覆った年配の家政婦が、わかっていますといった目でレアを見上げた。

9　紐《ひも》を結んではく靴で、紐の下に付いている革の部分。舌のような形をしていることからこう呼ばれる。

「まったく……まったくでございます。この暑さのせいで」家政婦は、肩をすくめながら従順に繰り返したが、それはこう言っているかのようでもあった。「そうでございますとも……。何もかも衰えていくわけですから……」

シェリがいなくなって、レアはふたたび活発に、てきぱき動きはじめた。そして一時間もしないうちに、風呂に入り、白檀《びゃくだん》の香りのアルコールで肌をみがき、髪を整えて靴をはいた。髪を巻くコテがあたたまるのを待つあいだには、給仕長の帳簿をこまかくチェックし、つづいて使用人のエミールを呼んで、鏡に青っぽい曇りがあると指摘した。レアは周囲にしっかり点検の目を走らせる。その目を逃れられる者はまずいない。

それからロワールのフルーティーな白ワイン「ヴーヴレ・セック」と、へたがついたままの六月の苺《いちご》に思わずにっこりしながら、ひとりきりの昼食を楽しんだ。苺が盛られているのは、濡れたアマガエルのように緑色のリュベル窯陶器の皿[10]だ。

かつてこの長方形の食堂に、ルイ十六世様式の何枚もの大きな鏡と、同じ時代の英国家具を入れたのは、たいした食道楽《グルメ》だったにちがいない。豪華な食器が映える飾り戸棚は風通しがよく、給仕と片づけのための補助テーブルは高く、椅子は華奢《きゃしゃ》に見えるがしっかりしていて、どれもほぼ黒く見える木で作られ、細長い花飾りの模様が彫られている。そして鏡にも、重量感のある銀食器にも、陽の光が燦々《さんさん》と降りそそぎ、パリ十六区ビュジョー大通りの並木から緑の照り返しも入ってくる。

レアは食べながら、フォークの彫り模様のなかに赤い磨き粉が残っていないか調べ、片目をつぶって暗い色合いの家具の艶も確かめる。後ろに控えている給仕長は、そんな様子をひやひやしながら見守っている。

「マルセル」レアが口を開いた。「一週間前からワックスがべたついてるの」

「そのようにお思いで？　奥様」

「そのようにお思いよ。テレビン油を湯せんして、ワックスに加えてちょうだい。やり直すのは簡単でしょ。このヴーヴレ、地下《ワインセラー》から出すのが少し早かったわね。食器をさげたら、すぐ鎧戸《よろいど》を閉めて。このところほんとうに暑いから」

「かしこまりました。ムッシュー・シェ……いえムッシュー・プルーは、こちらでお

10　つややかな濃い緑色が美しく、中央にフルーツが描かれ、周囲はバスケット編みの模様などの皿がある。

夕食を？」

「と思うけど……今夜はクレーム・シュルプリーズ[11]はやめて、苺のシャーベットだけ作ってね。コーヒーはわたしのお部屋でいただくわ」

彼女がすっと立ち上がると、背の高さと姿勢のよさがあらためて映《は》え、腿に張りついたスカートには脚の形がくっきり浮き上がって、給仕長の控えめな視線のなかにも、思わず「お美しい」という感嘆の色が表れた。レアはそれを読み取って、まんざらでもなかった。

〈お美しい、か……〉二階へ上がっていきながら、レアは心のなかでつぶやいた。〈いいえ。もう今は。顔の近くに白いものを持ってこなくちゃならないし、下着や部屋着は淡いバラ色じゃないとだめだし。お美しい……ふん……そんなもの、もうほとんど必要じゃないのよ……〉

だが、ごく淡い色の絹地を張りめぐらせた部屋で、コーヒーを飲み、新聞を読んだあとも、レアは午睡などとりはしなかった。そして運転手にこう命じたとき、彼女は戦いに出る者の顔になっていたのである。

「マダム・プルーのお宅へ」

＊＊＊

六月の新緑が風にそよいで、ブーローニュの森の並木道はさわやかだった。車は入市税関跡の鉄柵門を過ぎ、ヌイイへ、閑静な住宅街アンケルマン大通りへと進んでいく……。

〈ここを、この道を何度通ったことか〉レアはそう思い、実際に数えてみようとした。だが途中で嫌気がさし、マダム・プルーの邸宅に続く砂利道をゆっくり歩きながら、中から聞こえてくる物音に耳をすましてつぶやいた。

「応接間にいるのね」

車から降りる前に、レアはおしろいを軽く直し、霧のように細かな網目のブルーのヴェールを顎の上までおろしていた。そして「玄関からどうぞ」と案内した使用人に、

11　クリームで周囲をおおったデザート。シュルプリーズ（原語はsurprise）は中身が見えない料理のこと。

こう答えた。

「いえ、お庭をひとまわりして行きたいから」

庭は、公園と言ってもいいほどの本格的な庭園で、パリから少し離れた郊外ならではの広大な、白亜の邸宅《ヴィラ》を引き立てている。ヌイイがまだパリから遠いと思われていたころ、このマダム・プルーの邸宅は「田舎のお屋敷」と呼ばれていた。現在の車庫はそのころ馬小屋だったし、別棟も何棟か建っていて、猟犬たちの犬小屋と洗濯場まである。ビリヤード室や玄関ホール、食堂《ダイニング》の広さからも、たしかにお屋敷だとうなずかされる。

「マダム・プルーがお金をかけただけのことはあるわね」晩餐《ディナー》とグラス一杯の高級ブランデーをご馳走になるかわりに、ベジーグ[12]でマダムの相手をするおなじみの面々は、繰り返しそう言いながら、さらに一言《ひとこと》こうつけ加えるのだ。「でも彼女がお金をかけないところなんて、ある?」

燃えるようなシャクナゲの茂みとバラのアーチの間に広がる、アカシアの木陰をレアが歩いていくと、かすかに人声が流れてきた。それを突き抜け、ときおりマダム・プルーの鼻にかかった大声や、シェリのそっけない大笑いが響いてくる。

〈笑い方がよくないわね、あの子〉レアは思った。それからふと足を止め、かぼそく、やさしく、聞き慣れない女性の声に耳を傾けたが、それもすぐ鳴り響くような大声に掻き消されてしまった。

「ああ、あれがお嬢さん」レアはつぶやいた。

それから早足で何歩か歩き、大きな窓ガラスが続く応接間の入り口に立つと、中からマダム・プルーが、こう叫びながら駆け寄ってきた。

「いらしたわね、われらの美女が！」

マダム・プルーは、じつはマドモワゼル・プルーで、今では小ぶりの樽みたいな体型になっているが、十歳から十六歳のあいだは踊り子だった。かつてのむっちりしたかわいい金髪の愛の神エロスや、えくぼのある水の精ニンフの面影を、レアはよくマダム・プルーのなかに探してみるのだが、そこにあるのは大きなきつい目と気むずかしそうな鼻だけだ。とはいえ、バレエ団所属のバレリーナがやる「五番《サンキエーム》ポジション」のように、左右の足先を真横に向けて、そのまま脚を交差させる粋《いき》な立ち方は忘

12　十九世紀後半から二十世紀初頭に流行したトランプゲーム。

れていなかった。

ロッキングチェアに身を沈めていたシェリも、急に生き返ったように起き上がると、いかにも自然な優雅さでレアの手に口づけをしたが、つづいてこう言って、せっかくのふるまいを台無しにした。

「ちぇっ！　またヴェールしてきたのかよ。すげえきらいなんだけどな、それ」

「好きにさせておあげなさい」マダム・プルーが割って入った。「どうしてヴェールをしているかなんて、女性に訊くもんじゃないの！　ほんとにいつまでもしょうがない子で」最後のひとことは、レアに向けてやさしく言ったのだ。

麦わらの日よけの下にできた金色の陰のなかで、ふたりの女性が立ち上がった。そして藤色《モーヴ》のドレスを着た女性が、なかなか冷淡に手を差し出すと、レアのほうは、その女性を頭のてっぺんから爪先まで眺めた。

「まあ、なんてお美しいんでしょう、マリー＝ロール、完璧ですこと！」

マリー＝ロールは微笑で応《こた》えてくださった。赤毛で褐色の目をした若々しい女性で、何も言わず身動きひとつしないまま、人を魅了する。だが今は媚びたしぐさで、もうひとりの若い女性を示した。

「娘のエドメを覚えていらして？」

レアはすぐ娘に手を差し出したが、娘はその手を取るのが遅かった。

「覚えているはずなんですけれど、ね、お嬢さん、女学生ってどんどん変わっていきますし、マリー＝ロールはお会いするたびに、びっくりするほど変わって、ますますお若くなられるし。それで、寄宿学校からは完全に解放されましたの？」

「そうですとも、そうですとも」マダム・プルーが大声で言った。「いつまでも隠しておくことはできませんわよ、この魅力、このしとやかさ、十九の春のこのすばらしさはね！」

「十八ですわ」マリー＝ロールが、目を細めてうれしげに言った。

「十八、十八！……そうでしたわね、十八歳！　レア、覚えてる？　このお嬢さんの初聖体拝領式の年に、シェリは学校《コレージュ》から逃げ出したのよ、ね？　そう、まったくやんちゃばかりして、あのときには、私たちほんとにあわてたわね！」

「よく覚えてるわ」レアはそう言うと、マリー＝ロールと軽くうなずき合った——正々堂々と戦うフェンシングの選手どうしが、「突き有効《トゥシェ》！」という審判の声を聞いたときのように。

「お嬢さんにいいお相手を見つけなくちゃ、いいお相手を見つけなくちゃ！」マダム・プルーが続けた。わかりきっていることを繰り返す癖があるのだ。「結婚式にはみんなでうかがいましょうね！」

そしてすっかり気分を高揚させ、短い腕を振り回したので、世間ずれしていないエドメは怖くなって、じっとその様子を見つめた。

〈マリー＝ロールにぴったりの娘ね〉レアは注意深く観察しながら思った。〈母親の華やかなところを、全部地味にしたみたいで。髪はたよりなくふわふわして灰色。髪粉でも振ったみたい。目は不安そうで心の内を表さない。唇は話すこともほほえむことも抑えてしまう……。まったくマリー＝ロールにおあつらえむき。きっと内心、この娘《こ》を憎んでいるわ……〉

マダム・プルーは母親のようにほほえんで、レアとエドメの間を取り持った。

「ふたりはもう庭で仲よくなったのよ、この子たちふたりは！」

そしてシェリのほうを示した。彼は大きな窓ガラスの前で、立ったままタバコをふかしている。シガレットホルダーを歯でくわえ、煙が目にしみないよう頭をのけぞらせて。女たち三人はいっせいに青年を見つめた。上を向いた額、なかば閉じられた瞳にかぶさる睫毛。両脚をまっすぐそろえて静止しているのが、まるで翼を持つ天使が宙に浮いたまま、陶然と眠っているかのようだ……。

エドメの瞳に怯えたような、打ち負かされたような表情が浮かんだのを、レアは見逃さなかった。そこで彼女の腕に触れ、ぎょっとさせてやった。エドメは全身を震わせて腕を引くと、きつく低い声で訊いた。

「なに？……」

「なんでもないわ」レアは答えた。「手袋が落ちただけ」

「じゃあそろそろ帰りましょうか、エドメ？」マリー゠ロールがさらりと命令した。

エドメは何も言わず、従順にマダム・プルーのほうへ歩み寄ったが、マダム・プルーはまた腕をバタバタさせた。

「もう帰るの？ いやだわ！ またお会いしましょうね、またお会いしましょうね！」

「いいお時間ですし」とマリー゠ロール。「それに、日曜の午後にはお客様が大勢いらっしゃるでしょう。この娘《こ》はそういう場にまだ慣れてませんので……」

「そうね、そうね」マダム・プルーは思いやり深そうに、大きな声を出した。「これまでずっと閉じこもって、ひとりきりだったんですものね！」

マリー＝ロールは微笑した。レアは彼女に、「ほら、あなたが反撃する番よ！」と言うように視線を送った。

「……近いうちにまたまいります」

「木曜日ね、木曜日ね！　レア、あなたも木曜日にお昼を食べに来てくれる？」

「ええ、来るわ」レアは答えた。

シェリは応接間の入り口でエドメと一緒になっており、交《か》わされる会話すべてに関心がなさそうにしていたが、レアの約束を聞くと振り向いた。

「そうだな。ドライブでもしようか」

「そうね、そうね、そういう年頃だわ、あなたたち」マダム・プルーは、ほろりとしたように言った。「エドメはシェリと前に乗って、シェリが運転して、わたしたちは全員後ろの座席ね。若い人たちが前、若い人たちが前！　シェリ、お願い、マリー＝ロールの車を呼んでちょうだい」

マダム・プルーは、小さな丸い足が砂利道でよろよろするのもかまわず、客たちを小道の角まで送っていき、その先はシェリにまかせた。そして戻ってきてみると、レアはすでに帽子を脱いでタバコに火をつけていた。

「ほんとにきれいね、あのふたり！」マダム・プルーは、まだ軽く息を切らしている。

「ねえ、レア？」

「みごとだわ」レアはひと息に煙を吐いて一服した。「特にあのマリー＝ロール！……」

そこへシェリが戻ってきた。

「マリー＝ロールがどうしたって？」

「すごい美人！」

「ええ！……ええ！」マダム・プルーがうなずいた。「ほんとに、ほんとに……相当な美人だったわね！」

シェリとレアは、顔を見合わせて笑った。

「だった、ね！」レアが強調した。「でも今も、若いこと！　皺ひとつないじゃない！　で、あんなに甘い藤色《モーヴ》を着て。よく着るわね、あんな色。わたしはきらい。藤色のほうも、わたしをきらいみたいだけど」

自分に手かげんしない大きな目とほっそりした鼻が、ブランデーグラスからすっと離れた。

「若さそのもの、若さそのもの！」マダム・プルーは騒いだ。「でもね、でもね！　マリー＝ロールがエドメを産んだのは、一八九五年、いえ、九四年。歌の先生と駆け落ちして、例のピンクダイヤをくれたトルコ大使、カリル・ベイ[13]をふったころ……ちがうちがう！　ちょっと待って！……もう一年前だったわね！」

　大声で調子はずれの歌を歌うように、めちゃくちゃなことを言っている。レアは片手で耳を押さえ、シェリはもったいぶってこう言ってのけた。

「このキンキン声でもなけりゃ、こんな午後は美しすぎてやってらんないよな」

　息子の無礼な物言いに慣れているマダム・プルーは、怒ることもなく彼を見やった。そして大型の安楽椅子に堂々と深く腰かけたが、座面が高すぎて、短い足が宙にぶらんと浮いた。それでも、手でブランデーグラスをあたため続けている。

　レアはロッキングチェアで体を揺らしながら、ときどきシェリを眺めていた。涼しげな籐椅子に寝そべってベストの前を開け、消えかかったタバコをくわえたまま、額にはらりと前髪が落ちていて――レアは思わず誰にも聞こえない声で、「すてきな不良……」と、うっとりつぶやいた。

　レアとシェリは並んでくつろぎ、相手の気を惹こうとも話そうともせず、ただ静かに、幸福と言っていいひとときに身をゆだねていた。互いになじんだ長いあいだの習慣で、ふたりとも何も言わず、シェリはすっかりリラックスし、レアは安らぎを感じながら。

あたりはますます暑くなってきて、マダム・プルーが少々きついスカートを膝までたくし上げたので、小ぶりながら水兵のように筋肉のついたふくらはぎがあらわになった。シェリは腹立たしげにネクタイを取り、レアはそのふるまいに「チッ……チッ……」と舌打ちしてたしなめた。

「ああ！ ほっといていいのよ、その子は」入り込んでいた夢のむこうから戻ってきたように、マダム・プルーが言った。「こんなに暑いんだもの……。レア、キモノに着替える？」

「いいわ、このままで大丈夫」

13　一八三一―七九（マリー＝ロールとは少々時代が違い、エドメを産んだころにはすでに故人だったことになる）。オスマン帝国のパリ駐在大使で、絵画の収集にも熱心だった。アングルの「トルコ風呂」を所有し、クールベのエロティックな「世界の起源」「眠り」の依頼主でもあったが、後に破産。

レアは、午後のこうした身なりのゆるみがとてもきらいだ。おかげで彼女の年若い愛人は、日の高いうちから衣服が乱れていたりブラウスのボタンをはずしていたり、スリッパに履きかえたりしているレアを見ることなどけっしてない。「裸ならね」とレアは言う。「でも胸をはだけたりするのは、だめ」
レアはふたたびイラスト入りの新聞を開いたが、読みはしなかった。〈このブルーの母さんと息子ときたら〉と彼女は思っていた。〈ご馳走の並んだテーブルにつかせたり、田舎に連れていったりしたとたん――母さんはパチッとコルセットをはずすし、息子はベストを脱いじゃう。根が休暇を取ってる居酒屋の家族みたいなんだから〉
レアは、目の前にいる居酒屋の息子にうんざりした目を向けたが、当の本人は、白い頬に睫毛の影を落とし、唇を閉じて眠っていた。上唇のみごとな曲線に下から陽《ひ》が当たって、唇のふたつの山に銀色の光が宿っている。居酒屋というより酒の神バッカスに似ている、とレアは思い直さずにいられなかった。
彼女は少し身を起こし、まだ煙の上がっているタバコをシェリの指の間からそっと取ると、灰皿に捨てた。眠っている彼の手はすっかり力が抜けて、しなやかな指も、萎《しお》れた花のようにだらりと下がっている。手入れされた爪で武装され、女性っぽさはまったくないが、ちょっときれいすぎる手。レアが数えきれないほど口づけした手。機嫌をとるためではなく、それが心地よかったから、そしてすてきな香りがするから……。

レアは新聞越しに、マダム・プルーを見た。〈やっぱり寝てるのかしら?〉母と息子が昼寝をすれば、目ざめている彼女は、暑さと日陰と陽光に囲まれて、ひととき心の静けさを味わえる。レアはそんな孤独が気に入っていた。

だが、マダム・プルーは眠っていなかった。安楽椅子で仏像のようにまっすぐ前を向いたまま、酒が手放せない乳飲み子みたいに、コニャック産の高級ブランデーを舐めている。

〈どうして寝ないの?〉レアは考えた。〈今日は日曜。昼食もたっぷりいただいた。五時には今日のお客のごろつきおばさんたちがやってくる。どう考えてもここで寝ておくべきよ。なのにそうしていないなら、なにか悪だくみをしてるのね〉

ふたりは知り合って二十五年になる。移り気な女どうしの敵意も含んだ親密さは、男ひとりのことで豊かにもなり疎遠にもなり、別の男に叩き壊されることもあったが——それは、最初の皺と白髪が相手に現れるのを待ちかねたライバルどうしの勝気な友情であり、ひとりはけち、もうひとりは享楽的であるものの、ともに資産の運用にも長《た》けた現実的な女どうしの連帯感でもあって……こうした絆は、得がたい。そしてその後、さらに強い新たな絆がふたりを結びつけるようになったのだ。シェリという絆が。

＊＊＊

シェリが子どもだったころのことを、レアは思い出す。長い巻き毛で輝くように美しい男の子だった。幼いころはまだ「シェリ」ではなく、ただ「フレッド」と呼ばれていた。

そして色褪せたような女中たちや、冷笑を浮かべている昔からの使用人たちに囲まれて、ないがしろにされるかと思うとちやほやされるという繰り返しで育った。出生とともに、謎に包まれた莫大な財産をもたらしていたのだが、英国風の「ミス」とかドイツ風に「フロイライン」などと呼ばれる家庭教師についたことはなかった。「あんな女吸血鬼ども」と、母親がいつも大声で拒絶したからだ。

「シャルロット・プルー、昔かたぎの女！」年老いて見るからに干からび、今にも息絶えそうでありながら、じつは不死身のようでもあるベルテルミ男爵は、愉快そうに言ったものだ。「シャルロット・プルー、僕はあなたを讃えるね。今どき息子を堂々と娼婦の息子として育てたなんて、あなただけだよ！　古い時代の女らしく、本など読まず旅にも出ずに、ひたすらかたわらの男の面倒を見て、自分の息子は使用人たちに育てさせる。なんと純粋！　アブー[14]の小説、いやギュスターヴ・ドロー[15]の小説そのものだ。しかもそのどれも知らないのに！」

というわけで、シェリは、気の向くまま好き勝手ができる子ども時代を存分に楽しんだ。まだ舌がよく回らないうちから、使用人たちの下品な陰口をたくさん覚え、彼らが台所でこっそり夜食をとるときには一緒に食べさせてもらった。母親のバスタブで、アイリスの香りのミルク風呂に入れてもらったかと思えば、タオルの端でぞんざ

14　エドモン・アブー（一八二八—八五）。作家。代表作に『山の王』。
15　アントワーヌ＝ギュスターヴ・ドロー（一八三二—九五）。作家。代表作に、子どもや赤ん坊にはじめて焦点を当てた軽妙な家族小説『ムッシュー、マダムと赤ちゃん』。

いに顔しか拭いてもらえないこともあり、ボンボンショコラやキャンディーで消化不良になる一方、夕食を忘れられ、空腹で胃痙攣を起こすこともあった。花祭りで彼を見せびらかしたがった母親に、半裸で濡れたバラの花々のなかにすわらされ、退屈したあげくに風邪をひいたこともあった。だが十二歳になると、豪勢に気晴らしするチャンスに恵まれた。闇の賭博場で、アメリカのご婦人から何度もルイ金貨[16]ひとつかみをわたされて勝負をし、「傑作な坊や」と褒めそやされたのだ。

同じころ、母親は彼に神父の家庭教師をつけたが、十か月でクビにした。「だって」とシャルロット・プルー。「あの黒い服を家じゅう引きずって歩いてるのを見てたら、なんだか貧乏な伯母でも引き取ったみたいな気分になったのよ——家に貧乏な伯母がいるぐらい気の滅入ることって、ないでしょ！」

十四歳になると、シェリは中学校《コレージュ》に入ってみることになった。だがはじめから学校など信用していなかったので、あらゆる機会をねらって脱獄を試み、やがて成功した。シャルロット・プルーも負けずに彼をもう一度閉じ込めたのだが、息子に泣かれ、罵《ののし》られると、耳をふさいで「こんなの見たくない！　見たくない！」と叫んで逃げ帰った。それからその言葉どおりに若い男とパリを離れたが、誠意というもののほとんどない男だったので、二年後にひとりで戻ってきた。そしてこれがシャルロット・プルーにとって、最後の恋の過《あやま》ちとなったのだ。

戻ってみると、シェリは驚くほど大きくなっていた。だがうつろな様子で目のまわりには隈《くま》ができ、馬の調教師みたいな三つ揃いを着て、それまでにないほどだらしないしゃべり方をする。母親は後悔して、シェリを寄宿舎から出した。するとたちまちまったく勉強しなくなり、馬や自動車や宝石を欲しがってかなりの額のこづかいを要求し、母親が金切り声をあげて嘆くと、こんなことを言った。

「マーム・プルー[17]、ご心配なく。ご尊敬申し上げる母上だ、破産に追いやるとしたらぼくしかいないけど、どっちかっていうと母上は、アメリカ製キルティングの布団にぬくぬくくるまって死ねる可能性のほうが高いはずだから。ぼくは法定後見人をつけてもらう趣味もないし。母上の金はぼくの金。好きにさせてよ。ぼくの友人どもには、

16　ルイ十三世以降の王が鋳造させた肖像つきの金貨。
17　原文はMame Peloux。「マダム」ときちんと発音せず、だらしなく、でも距離をとる感じで「マーム」と言っているのだろう。

ディナーとシャンパンでじゅうぶん。女性のみなさんになら、マーム・プルー、ちょっと飾っておく置き物ぐらいでじゅうぶん、それ以上はやめてほしいって思ってるだろ——置き物だって、やりすぎか！　わかってるって、ぼくは母さんの子なんだから」

シェリがうまく話に落ちをつけ、爪先でくるりとまわると、シャルロット・プルーは感激の涙を流して「私はこの世でいちばん幸せな母親」と公言した。もっともシェリはつぎつぎ自動車を買い始めて、またも震え上がらされることになったのだが、そのときにはこう丸め込まれた。

「ガソリンの無駄遣いには気をつけなきゃな。たのみますよ、マーム・プルー！」

そして彼は馬を売り払い、運転手ふたりの帳簿をチェックするのもおろそかにしなかった。計算するのが速くて正確で、すばやく記されていく数字は丸みを帯びつつ、すらりとかろやかで、のろのろとしか綴られない妙に大きな文字に比べると、同じ人間が書いたとは思えないほどだ。

しかし彼は、十七歳で早くも老い、いじましい年金生活者のようになった。美貌はそのままだったが、痩《や》せてすぐ息切れを起こす。マダム・プルーは一度ならず、地下のセラーに続く階段で、棚に並んだボトルを数えたばかりの息子が上ってくるのにばったり出会った。

「まったくねえ」マダム・プルーはレアにぼやいた。「ちょっとやりすぎよ」

「ほんとね、やりすぎもいいところ」レアは応えた。「この先ろくなことにならないわよ。シェリ、舌を見せてごらんなさい」

シェリは、小馬鹿にしたようなしかめ面をしながら舌を出したが、レアは、ほかの行儀の悪さを見たときと同様、落ち着いたものだった。そもそもシェリにとってレアは、敬語を使わなくてもいいやさしい名づけ親のようなもので、気安い存在だったのだ。

「ゆうべ、あなた、バーでリリねえさんの膝の上にすわってたって聞いたけど」レアが訊く。「ほんとなの？」

「膝！」シェリはあざ笑った。「膝なんて、もうずいぶん前からあの人にはないよ！太りすぎて埋もれてる」

「彼女にコショウ入りのジンを飲まされた？」さらにきびしくレアが訊く。「あとで口が臭くなるの知ってるわよね？」

ある日シェリは、レアに問いただされるのにうんざりして、こう言った。

「なんでいちいちそうやって訊くんだよ。ぼくが何してたか見てたはずだよな、あんただってあそこにいたんだから。奥の小部屋で、パトロンとかいう名前のボクサーと一緒だったんだろ！」

「まったくそのとおり」レアは少しも動じずに答えた。「あの人――パトロンは、役立たずの子どもとはわけがちがうの。ぎらぎらした顔つきや目のまわりの痣《あざ》のほかにも、すてきなところがたくさんあるのよ」

その週、シェリはモンマルトルやレ・アールといった盛り場で、彼を「うちのチビ」とか「うちのワル」と呼ぶ女たちと、夜ごと派手に遊んだが、まるでおもしろくなく、頭痛に悩まされたり咳き込んだりするばかりだった。

そしてマダム・プルーはといえば、こうしたことから生まれた新たな悩みを、マッサージ師やコルセットを作ってもらうマダム・リボ、高齢のリリねえさん、ベルテルミ〝干物〟男爵などにも語り、「ああ！　われわれ母親にとって、人生は茨の道！」と嘆いて、この世でいちばん幸せな母親から受難の母親へ、いとも簡単にその立場を変えたのである。

＊＊＊

ある六月の夕暮れどき、マダム・プルーとレアとシェリは、ヌイイのガラス張りの部屋で食事をした。そしてそこで、青年シェリと大人の女性レアの運命が、決定的に変わることとなったのだ。

偶然という名のめぐりあわせが、その日はシェリの「友だち」――リキュール酒の卸問屋の息子ボステルや、成年になるやならずで気むずかしく、横柄な態度の食客デスモン子爵――を追い払ったため、シェリは家に帰ってきたのだが、そこにはいつものようにレアが来ていた。

退屈で似かよった宵が繰り返されてきたこの二十年の時の流れと、世間一般とのつきあいがない暮らし、そして愛だけに生きてきた女たち特有の警戒心や無気力が、彼女たちを人生の終盤にむけてますます孤立させていく。おかげでマダム・プルーとレアは今夜も、そしておそらくこれからの夜も、互いにどこか身がまえたままでありながら、顔を合わせずにいられないのだ。

ふたりはともに、なにも言わないシェリを見つめていたが、息子の世話を焼く体力も権威もなくなったマダム・プルーは、レアがふとうつむいて、白い首筋やバラ色の頰が、息子の青白い頰や透けるような耳たぶに触れそうになるたび、レアを少し憎く思う程度に気持ちを抑えていた。ほっそりした百合のように青白い息子の首に、もし少しでも赤みを差せるというなら、彼女はレアの首から瀉血《しゃけつ》してその血を移そうとさえしたかもしれない。もっともその丈夫そうな首にも「ヴィーナスの首飾り」と呼ばれる横皺が刻まれ始めていて、衰えは明らかなのだが——。マダム・プルーはそうまで思いながらも、そんな最愛の息子をドライブに連れ出して田舎の太陽に当たらせてやろうとは、思いつきもしなかった。

「シェリ、どうしてブランデー《フィーヌ》なんか飲むの?」レアがたしなめた。

「マーム・プルーにひとりで飲ませたら悪いから」とシェリ。

「明日はどんな予定?」

「さあね。あんたは?」

「ノルマンディーに行くわ」

「誰と?」

「関係ないでしょ」

「ご親切なあのスペレイエフ？」

「まさか。もう二か月も前に別れたのよ。鈍いのねえ。いまごろロシアにいるわ、スペレイエフは」

「坊や《モン・シェリ》ったら、しょうがないわね！」マダム・プルーがため息をついた。「先月レアが別れた記念にって、ご馳走してくれたあのすてきなディナー、忘れたの？　レア、あのラングスティーヌ[18]のレシピ、まだ教えてくれてないわね。ほんとにおいしかった！」

　シェリが思わず姿勢を正して、目を輝かせる。

「そうそう、クリームソースのラングスティーヌ、ああ！　また食いたいなあ！」

「ね」マダム・プルーが口を尖《とが》らす。「ほんとに食の細い子なのに、ラングスティーヌは食べるのよ……」

「いいから、そんなこと！」シェリが母親を黙らせる。「レア、それじゃあノルマン

18　ヨーロッパアカザエビ。高級食材。

ディーの木陰に行くのは、パトロンと？」

「いいえ、パトロンとはただのお友だち。ひとりで行くの」

「金持ちはちがうね」とシェリ。

「よかったら連れていってあげるけど。でも食べて、飲んで、眠るだけよ……」

「どこの村？」

シェリは立ち上がると、レアの前にぼんやり立った。

「オンフルールはわかる？ コート・ド・グラース[19]は？ 知ってる？……すわって。顔色が悪いわ。ほら、コート・ド・グラースの坂の上に荷馬車門があって、その前を通るたびに、わたしたち言ったものなのよ、あなたのお母さんとわたし……」

レアはマダム・プルーのほうを振り返ったが、いつの間にかその姿は消えていた。こんなふうにそっと席を立つなど、まったくいつものシャルロット・プルーらしくなかったので、レアとシェリは思わず顔を見合わせて笑った。シェリはレアのすぐそばに腰かけると、つぶやいた。

「疲れたな」

「ボロボロね」とレア。

シェリは見栄を張って、また立ち上がった。

「いやあ！　まだじゅうぶん元気」

「元気って……まあ、ほかの人にはそう見えるかもしれないけど……でも、だめ……たとえば、このわたしの目には」

「なまっ、か、かっちろい？」

「そう、その言葉を探してたの。よけいなことは考えないで、一緒に田舎に来ない？　おいしい苺《いちご》、新鮮なクリーム、タルト、若鶏のグリル……生き返るわよ。しかも女っ気抜き！」

シェリはレアの肩にもたれかかると、目を閉じた。

「女っ気抜きか……。それいいな……。じゃあレア、あんたは兄貴になってくれるってこと？　そう？　じゃあ行こう、女なんて……もう飽き飽きだ。女なんて……もういい」

19　オンフルールの旧港から上って行く緑豊かな坂道で、上りきると町と海が一望できる。
品のよくないこんな話も、シェリがまどろむような声でつぶやいたので、レアの耳にはまろやかなやさしい音となって響いた。耳元には同時に彼のあたたかな息がかかる。シェリはレアの長いネックレスをつかんで、指の間で大粒の真珠をひと粒ずつ転がしていく。レアはそんなシェリの頭の後ろに腕をまわし、自分のほうへ引き寄せると、彼が子どもだったころからのふたりの習慣に身をまかせて、それ以上の思惑もなく、ただやさしくあやすようにその体を揺らしてやる。

「いい気持ち」シェリがため息とともにささやいた。「あんたは兄貴か。いい気持ち……」

レアは価値ある賛辞を受けたときのように、ほほえんだ。シェリは今にも眠ってしまいそうだ。レアは間近に見つめた。濡れたように輝く睫毛が、頬の上に影を落としているのを。その頬が幸福には縁のない疲労に陰り、やつれているのを。朝、髭を剃った唇の上のあたりがもう青みがかってきているが、バラ色のランプの光で、口全体は人工的な血の色に染まって見える……。

「女っ気抜き！」眠って夢でも見ているように、シェリがまた言った。「じゃあ……キスして！」

レアは驚き、動きも止まった。

「キスしてよ!」

シェリが眉をひそめて命令し、とつぜん両目を開けた。いきなりまぶしい光を受けたようで、レアはたじろいだ。だが肩をすくめると、目の前にあった彼の額に唇をつけた。するとシェリはレアの首に両腕をまわして、自分のほうに抱き寄せたのだ。レアは首を横に振って抵抗したが、それもふたりの唇が触れ合うまでだった。そしてレアは体を硬くして身じろぎひとつせず、聞き耳でもたてるように息をひそめた。

彼が腕をゆるめると、身を振りほどき、立ち上がって深く息をついて、乱れてもいない髪を整えようとした。それから暗いまなざしで、少し青ざめながら振り向いたが、すぐに茶化すような声で言った。

「なかなかやるじゃない!」

シェリはロッキングチェアに深々と体をうずめ、何も言わずに強い視線をレアに浴びせていたが、それがあまりにも挑むような、問いかけるようなまなざしだったので、レアはひと呼吸おいてからたずねた。

「なに?」

「なんにも」とシェリ。「ただ、知りたかったことがわかった」

レアは赤くなり、どぎまぎしたものの、すぐにうまく防御にまわった。

「わかったって、何が？　あなたの唇がよかったってこと？　あのね坊や、わたしはもっときわどいキスもたくさんしてきてるのよ。あれぐらいで何がわかるっていうの？　わたしがあなたの前にひざまずいて、『お願い抱いて！』って叫ぶとでも思った？　あなたがつきあってきたのは小娘ばかりでしょ？　一度キスしたぐらいで、このわたしがのぼせ上がるとでも思ったの！……」

しゃべっているうちに落ち着いてきて、レアは自分が動じていないことを示したくなった。

「ねえ坊や」シェリの上にかがみ込みながら、レアはまた「坊や」を強調する。「わたしの思い出のなかでも、なにか貴重なものだろうって思ったのかしら？　すてきな唇ってものが？」

レアはシェリを見おろし、自信に満ちてほほえんでいたが、自分では気づいていなかった。そのほほえみに、かすかなときめきのような、甘い痛みのような何かが混じっていることに。おかげで、激しく泣いたあとで人が浮かべるほほえみのようになっていることに。

「わたしにはどうってこともないの」レアは続けた。「たとえもう一度あなたにキスして、わたしたちが……」

だがそこで言葉を切ると、レアは見くだすようなふくれっ面になった。

「いいえ、どう考えても、そんな想像はできないわね」

「さっきのだって、想像できなかったんじゃないの?」悠然とシェリが言う。「でもけっこう長いあいだ、してたじゃないか。で、その先も考えてたの? ぼくはそんなこと、なんにも言ってないぜ」

ふたりは敵どうしのように睨み合った。レアは、搔き立てる間《ま》も、かといって隠す間もなかった欲望を見られてしまうのではと恐れ、子どものくせにすぐ冷静になったシェリは、ひょっとしたら自分をからかっているのかもしれないと恨めしく思った。

「そうね」レアは軽く譲歩した。「そんなこと考えるのはやめましょ。さっきも言ったとおり、あなたには休養できる野原とお食事を提供してあげる……。わたしが出すお食事といえば、あとは推して知るべしね」

「いいな」とシェリ。「ルヌアール[20]のオープンカーに乗っていこうか?」

「そうね、シャルロットに預けておくことはないわね」

「ガソリン代は出すけど、運転手の食事代は持ってよ」

レアは大笑いした。

「運転手の食事代！　まあまあ！　さすがマダム・プルーの息子ね！　しっかりしてること……立ち入ったことを訊くつもりはないけど、あなたが女性といるとき、どんな愛の語らいをするのか聞いてみたいものだわ！」

レアはどっかと椅子にすわると、扇で自分をあおいだ。三角の翅をしたスズメガが一匹と、脚の長い大きな蚊が何匹か、ランプのまわりを飛び交《か》っている。庭の緑の匂いは、夜の訪れとともに田園の匂いに変わってきている。そこへ、ふっとアカシアの花の香りが流れてきた。それがあまりにみずみずしくあざやかだったので、ふたりは、まるで香りが流れてきた道筋を見ようとするみたいに、同時に振り向いた。

「バラ色の房のアカシアね」レアが低くささやく。

「うん」とシェリ。「そのうえ今夜は、オレンジの花の香りもたっぷり吸い込んでる！」

レアは、敏感にそう気づいたシェリになんとなく感心し、その顔をじっと見つめた。彼はあたかも幸福な生け贄《にえ》といった面持ちで、うっとりその香気を吸っている。不意にレアは、彼が自分の名を呼ぶのではないかと恐れた。そしてそのとおり、シェリはレアの名を呼び、レアはそちらに体を向けた。

レアは彼のほうに、キスをしようと体を向けた。恨めしさと自分からの欲望と、罰してやりたいという思いに突き動かされながら。

「待ちなさい、さあ……あなたの唇がいいっていうのは本当。今度はたっぷり楽しませてもらうわ。わたしがそうしたいからよ。あとのことは知らない……どうでもいい、さあ……」

レアのキスがあまりにすばらしかったので、ふたりはともに酔いしれ、一瞬耳が聞こえなくなり、息も切れぎれになった。そして体を離したとたん、闘いを終えたように震えた……。それからレアが立ち上がっても、シェリはまだ動かず、椅子の奥でぐったりしたままだった。レアは挑発するように「ねえ?……ねえ?」とごく低くささやきながら、新たに身がまえた。

ところがシェリは、レアに向かって両腕を広げ、美しい両手をとまどったように開

---

20 当時の超高級車。

いて、傷つけられたみたいな表情で顔をのけぞらせたかと思うと、両目の睫毛の間には涙の粒が光ったのだ。そしてそのあいだじゅう、ささやきやうめき声といった本能と愛からの切ない歌があふれ、レアはかろうじて聞き取ったのである――自分の名が呼ばれるのを。「大好き……」「おいで……」「もう離さない……」と何度も繰り返されるその声を。

彼のほうにかがみ込み、まるで自分がうっかり苦痛を与えてしまったかのように、レアは不安に胸を締めつけられながら、その歌を聞いていた。

＊＊

ノルマンディーでの初めての夏を思い出すとき、レアは冷静にこう思う。
〈駄々っ子みたいな坊やなら、シェリよりおもしろい子もいろいろいたわ。もっとやさしい子も、頭のいい子もいた。でもシェリみたいな子は、ほかに誰もいなかった〉

その一九〇六年夏の、終わりのこと――。
「おかしな話なんだけど」レアはベルテルミ〝干物〟男爵に、こう打ち明けた。「わたしね、ときどき黒人か中国人と寝てるみたいな気分になるの」

「黒人や中国人と寝たことがあるのかい?」

「いえ、一度も」

「じゃあ、なぜ?」

「なぜかしら。うまく説明できないんだけど。でもそういう感じなの」

そういう感じは、シェリにひそかな驚きを覚えるうちに、ゆっくりレアのなかでふくらんでいき、思わず表情やしぐさに出てしまうこともないではなかった。

ふたりの田園恋愛詩をよみがえらせようとすると、最初の日々の思い出には、質のいい食べ物とか選りすぐりのフルーツばかりが浮かんできて、レアは、自分がまるで味にうるさい農家のおかみさんみたいな心配をしていたのだと、あらためて気づく。

それからようやく、目の前に現れる——まぶしい太陽の光のなかで、いっそう青白く見えたシェリが。青々とトンネルのようになったクマシデの並木の下を、だるそうに歩いていたシェリ、そして池のまわりの温かい縁石の上で、眠り込んでしまったシェリが——。そんな彼を起こして、レアは苺やクリームや泡立つ牛乳、穀物だけで飼育した上質の若鶏を、つぎつぎ食べさせたものだ。

ディナーのころともなれば、彼はすっかりいやになった様子で、籠《かご》に盛られたバラのまわりを飛ぶカゲロウをうつろな大きい目で追ったり、寝に行く時間はまだかとばかりに腕時計を見つめたりしていた。レアはそんな様子にがっかりしながらも、恨めしい気持ちにはならず、ヌイイでのあの約束のようなキスと、なのにそこから先には進まないふたりの関係について思いをめぐらせ、とにかく待とうと心を決めたのだった。

〈八月の終わりまでは、よければわたしがこうして守ってあげて、おいしいものを食べさせてあげよう。でもパリに帰ったら、やれやれ！ 大事なお勉強に戻してあげなきゃね……〉

そして情け深くも、シェリに合わせて早い時間からベッドで横になった。シェリはレアにかくまってもらうかのように、ぴったり寄り添って額と鼻を押しつけ、寝心地のいい姿勢を勝手に決めて寝入ってしまう。

ランプの明かりも消したなかで、レアはよく寄木張りの床に広がって輝く月の光を、じっと見ていた。耳には、昼も夜も絶え間なく風に鳴るヨーロッパヤマナラシ[21]の葉擦れや、コオロギの鳴き声に混じって、シェリの大きな寝息が聞こえてくる。その胸は、まるで猟犬のように波打っている。

〈どうしたんだろう、眠れないなんて〉レアはぼんやり思った。〈べつにこの子の頭が肩にのってるせいじゃない。もっと重い頭がいくつもあったわね……。ほんとにきれいな夜……。明日の朝食には、おいしい牛乳粥《ブィイ》をたのんでおいたし。この子のあばら骨、だいぶゴツゴツしなくなってきたわ……。どうしたんだろう、眠れないなんて。ああ！ そうだ思い出した、ボクサーのパトロンを呼んで、この子を鍛えてもらわなきゃ。時間はたっぷりあるんだもの、パトロンはパトロンなりに、わたしはわたしなりにやって、マダム・プルーをあっと驚かせるのよ……〉

ひんやりしたシーツに長々と仰向けになり、左の胸には駄々っ子の黒い頭をのせたまま、やがてレアも眠りに落ちていく。だが明け方近く、たまに――ほんとうにたまにでしかなかったが！――シェリに求められて目をさます。

隠れ家での二か月め、パトロンはやってきた。大きなトランクに小さな一ポンド半の鉄アレイと黒いボクサートランクス、四オンスの軽いグローブ、編み上げ式の革の

---

21 ポプラの一種。

シューズを入れて。女の子のような声で、長い睫毛をしたパトロンだが、肌はトランクの色と同じぐらいつややかな褐色で、シャツを脱いでも裸には見えないほどだ。

そんなパトロンが見せる静かな強さに、シェリは喧嘩《けんか》腰になったり、逆に無気力になったり嫉妬したりしながら、無駄なようでいて徐々に効果の出るゆっくりした反復運動のトレーニングを始めた。

「一……ふーっ、二……ふーっ、息を止めるな……三……ふーっ、おい、その膝、いまインチキしたな……ふーっ」

八月の太陽の光が、重なり合う菩提樹の葉をとおしてやわらかく射し込んでくる。砂利道には赤い分厚いカーペットが敷かれ、コーチと生徒の裸身を紫色の照り返しで染めている。レアはこまやかに注意を払いながら、トレーニングを見守る。

ボクシングの練習に移って十五分、シェリは新しい力に目ざめて夢中になり、すっかり熱くなって、危険なパンチを繰り出したり怒りで赤くなったりしている。そんな大振《おおぶ》りのスイングも、パトロンは壁のように受け止め、オリンピックで受けた栄誉の高みから、かの有名なパンチよりも重いご託宣をシェリに下す。

「おーっと！　きみの左目は物好きだな。おれがうまく体を引いてなきゃ、この右グローブの縫い目を間近にご覧になるところだったぜ」

「すべったんだよ」シェリは吐き捨てるように言う。「モラルの問題だ。きみはぜったい
「バランス感覚の問題じゃない」とパトロン。「モラルの問題だ。きみはぜったいボボクサーにはなれない」

「母親が反対するからな。ああ残念！」

「お母さんが反対でなくても、きみはボクサーにはなれない。意地が悪いからだ。意地の悪さはボクシングに向かない。そうですね、マダム・レア？」

レアはほほえみ、暑さのなか、若いふたりの男が半裸で打ち合うのに見とれながら、黙って両者を比べ続ける。

〈パトロンったら美しいこと！　まるで建築物みたいに美しい。坊やもすてき。あんな膝はなかなかないわね、このわたしが知ってるなかでも。腰もいいし……いえ、とってもよくなるわ。プルー・ママったら、いったいどこでこの子を仕込んだのかしら。それに首の曲線！　彫刻そのもの。中身は不良《ワル》だけど！　笑うと、いまにも噛みつきそうなグレイハウンド犬ね……〉

幸福感と母親のような気持ちで、安らかな力に満たされながら、レアは心のなかで

こうつぶやく。

〈でもわたしは、ほかの男《ひと》に変えることだってできる〉

裸のシェリを、昼さがりには菩提樹の木陰で、朝は白貂《しろてん》の毛皮のような毛布の上、夜にはぬるめの湯を張ったバスタブの縁で、眺めながらつぶやくのだ。そして、彼に執着していないことをパトロンにも言ってみる。

「ええ、文句なくきれいな子だけど、ほかの男に乗り換えることもできるわ。もし良心の問題がなければね」

「でも」パトロンは反論する。「あれはいい体になりますよ。もう筋肉がついてきたのがおわかりでしょうが、まるでここらの男じゃなくて、黒人みたいな筋肉だ。肌は真っ白ですがね。で、周囲に目をむかせるようなのじゃなく、よく引き締まった筋肉です。力こぶがマスクメロンみたいになることはぜったいない」

「そう願いたいわ、パトロン！　あの子はボクシングのために連れてきたわけじゃないんですから、わたしは！」

「もちろんです」長い睫毛を伏せながら、パトロンはうなずいた。「気持ちってものが大事です」

言いながらパトロンは、レアが艶っぽい連想をさせることを、目に微笑を浮かべながらあからさまに言ったので、どぎまぎしていた。愛のことを口にするとき、レアはそうした絡みつくような微笑をパトロンに投げかける。

「もちろんです」パトロンが繰り返す。「やつがあなたを完全に満足させないとしても……」

レアは笑った。

「完全に。そうね……。でもわたしという女は、欲得抜きのところがすばらしいって評判なのよ。あなたと同じでね、パトロン」

「いやあ！　おれなんか……」

そしてそのあとに続くにちがいない質問を、びくびくしながらも心待ちにした。

「相変わらずなの？　パトロン。意地張ってるの？」

「そうなんです、マダム・レア。昼の便で、リアーヌからまた手紙が来たんですけど。『あたしはひとりでいます。あなたが意地を張る理由はどこにもない。男友だちはふたりとも離れていきました』だそうで」

「で？」

「で、それは嘘だって思ってます……。おれが意地を張るのは、あいつが意地を張ってるからだ。あいつは仕事をしてる男は、それも朝早く起きて毎日トレーニングしたり、ボクシングや練習メニューを教えたりしてる男は恥ずかしいって言うんですよ。顔を合わせれば喧嘩です。『これじゃまるであたしが、好きな男のひとりも養えないみたいじゃない!』って怒鳴るんですから。それがご立派な考えだってことは否定しないけど、おれの考え方とはちがう。誰にだって、人から見ればおかしいってことはあるもんでしょう。あなたがさっき言ったとおりですよ、マダム・レア、これも良心の問題なんです」

ふたりは木陰で、ささやくように話していた。彼は裸でつつましやかに、彼女は白い服を着て、頰を力強いバラ色に染めながら。そうして率直さや健康について、下層社会でのある種の貴族的とも言えそうな気質について、似たような好みを持っていることから生まれた友情を味わっていた。レアは、もしパトロンが、評判の美女リアーヌからかなりの贈り物をもらったとしても、少しも気にしなかっただろう。

「ギブ・アンド・テイクだもの」

そしていつもながらの冷静な公正さをもとに議論して、パトロンの「おかしいところ」を突き崩そうとする。

ゆっくり流れていくふたりのおしゃべりは、いつも同じ神々——愛と金銭というふたりの神——を少しだけ目ざめさせてしまうが、そこから離れると、またシェリの話に戻っていく。その嘆かわしい育ちのこと、レアいわく「結局は罪のない」美貌のこと、「性格と言えるようなものはない」性格のこと。しゃべりながらふたりは、信頼を求める気持ちも、流行りの言葉や近ごろの考えに対する嫌悪感についても一致して、ともに満たされていくのだが、そこへ、眠っているか暑い街道をドライブでもしているかと思っていたシェリが不意に現れ、おしゃべりが中断されることもよくあった。

むこうに現れたシェリは、半分裸だが帳簿を持って、耳には万年筆をはさんでいる。

「これはこれは！」パトロンが感心したように言う。「どう見ても会計係だ」

「なんだよこれ？」シェリがまだ遠くから大きな声で言う。「ガソリン代が三百二十フランだって？　がぶ飲みかよ！　二週間で四回出かけただけなのに！　で、オイルは七十七フラン！」

「市場に行くのに毎日車で出かけるから」レアが答える。「そういえばあなたの運転手、お昼に羊の腿肉《もも》を三回おかわりしたらしいわね。それもちょっと契約違反だと思わない？……お勘定に腹を立ててるあなたって、お母さんにそっくり」

すぐには言い返せなくて、シェリは華奢な足に体重をかけるように、しばらく体を揺らしていた。それがまるで今にも飛んでいきそうに優雅で、ローマ神話の光り輝くマーキュリーを彷彿とさせる。マダム・プルーなどそんな様子をうっとり眺めては、よく声を張り上げていた。

「十八のころの私みたい！　翼のある足なの、翼のある足なの！」

だが、今のシェリはレアをやりこめたくて、口をわずかに開け、ぐっと顎を突き出して顔を小刻みに震わせている。おかげで眉がこめかみに向かって吊り上がり、一風変わった悪魔のような面差しだ。

「やり返そうなんて思わないの、ね」レアはあっさり言った。「わたしのこと、大きらいなんでしょ。こっちに来てキスして。すてきな悪魔。呪われた天使。かわいいお馬鹿さん……」

シェリはプライドを傷つけられながらも、その声に抗えなくて、レアのもとに来た。パトロンはふたりを前にして、整った形の唇で真理の花をまたひとつ咲かせた。

「きれいな体だ、きみはきれいな体をしてる。でもきみを見てるとね、ムッシュー・シェリ、もしおれなら、おれが女なら『つきあうのは十年後ね』って思うだろうな」

「聞いた？　レア、十年後だって」シェリは、自分のほうへ傾《かし》げられたレアの顔をそっと押しのけると、ささやくように言った。「どう思う？」

だがレアはそれに耳を貸さず、自分のおかげでたくましさをよみがえらせ始めた若い肉体に、手で軽く触れ続けていた。頬に、脚に、お尻に、どこもかしこも、まるで乳母のように遠慮なく楽しげに。

「どんな満足が得られるんだ？　そんなふうに意地悪でいて」またも、パトロンがシェリに言う。

シェリは暗く粗野な目つきで、ヘラクレスのようなパトロンの全身をゆっくり眺めてから答えた。

「心が癒《いや》されるんだよ。わかんないだろうけど」

じつはレアにしても、親しく暮らして三か月が過ぎてなお、シェリのことがわからなかった。

パトロンは日曜日にしか来なくなった一方で、ベルテルミ〝干物〟男爵が、ふらりとやってきては二時間後に帰っていくようになっていた。そんなふたりにレアが、いつも「大事なお勉強に戻してあげなきゃ」とシェリのことを言うのは、いわば慣習に従ってであり、彼をこんなに長く引き止めていることへの弁解からでもあった。レアはノルマンディーを離れる日を何度も決めては、毎回延期していたのだ。

彼女は待っていた。

〈こんなにいいお天気だし……あの子、先週はパリに逃げ出したりして疲れてるし……それにわたし、もういいって消化不良を起こしそうになるまで、たっぷりあの子とつきあっておきたい〉

彼女は待っていた。その人生で初めて、報われることなく。これまでは必ず手に入った若い恋人の信頼を、くつろぎを、告白、誠意、せっぱつまった心情の吐露を、待っていたのだ――青年がほとんど子どものような感謝の念に駆られて、もう涙をこらえようともせず、心にとどめていた秘密も恨みも、包容力ある大人の女性の熱い胸に残らず託してしまう深夜のあのひとときを、待っていたのだ。

〈どの男《ひと》も、わたしはそうやって手に入れてきた〉レアは粘り強く考え続ける。〈どれぐらい価値のある男か、何を考えて何を欲しているのか、わたしにはいつだってわ

かった。なのにあの子は、あの子は……とても一筋縄ではいかない〉

いまは体つきもがっしりして、十九歳という年齢に誇りを持ち、食事の席では陽気、ベッドでは性急だが、思いがけない一面などけっして見せようとせず、シェリはまるで高級娼婦のように謎に包まれている。

やさしさはある？　そうね、ベッドで思わず上げる声や、わたしを抱きしめ直そうとする腕を、やさしさからと考えるなら。でもひとたび口を開くと、例の「意地の悪さ」と、自分の心をつかまれまいとするような警戒心が顔を出す。

しらじらと夜が明けるころ、満たされて落ち着き、なかば目を閉じたまま、抱擁されるたびに美しく生まれ変わっていくかのように、彼はまなざしと唇を新たに輝かせている。レアはそんな恋人シェリを抱きしめながら、その心を勝ち取りたい欲求に打ち勝ち、自分の気持ちを白状してしまう快楽の前で踏みとどまりながら、何度、いったい何度、額を彼の額にもたせかけたことだろう。

「ねえ……なにか言って……。言って……」

けれど弓形の唇からは、どのような告白も漏れてはこず、拗《す》ねたような、でなければ陶然としたままの一言ふたことが、ぞんざいにつぶやかれるだけだった。あとは子どものころ自分でレアにつけた「ヌヌーン」という呼び名、いまでは歓喜の底から救いの手を求めるように呼ぶその名が、出てくるばかり——。

「ええ、ほんとにそうなのよ、黒人か中国人みたい」

というわけで、レアはアンティーム・ド・ベルテルミ男爵に、そう打ち明けたのである。そしてなにげなさそうにつけ加えた。

「うまく説明できないんだけど」

シェリと自分とでは言葉が通じないという、漠然とした、でも強烈な印象を、レアはうまく表現できなかった。

九月も終わろうとするころに、ようやくふたりはパリに戻った。だがシェリは、ヌイイに帰った最初の夜から、マダム・プルーを「あっと驚かせ」た。椅子という椅子を振り回し、拳《こぶし》でつぎつぎクルミを割り、ビリヤード台に飛び乗ったり、庭でカウボーイごっこをして怯える番犬たちを追い回したりしたのだ。

一方レアは、パリ十六区ビュジョー大通りの家にひとりで戻ると、「ふう」とため息をついた。

「空っぽのベッドって、なんて清々《せいせい》するのかしら！」

だが翌日になると、ひとりきりで過ごす長い夜や、がらんとしたダイニングから身を守るように、夜十時のコーヒーをゆっくり飲んだのだ。

するとそのとき、突然ドアのところにシェリが現れたのである。あの翼のはえた足で、押し黙ったまま、立ちつくすようにして。

レアは思わず叫び声を上げた。シェリはにこりともせず、ものも言わずにレアめがけて駆け寄った。

「え、どうかしちゃったの？」

シェリは肩をすくめ、説明しようともしなかった。ただレアに駆け寄った。「ぼくのこと愛してる？　もう忘れた？」などとは訊きもせず、ただレアに駆け寄ったのだ。

しばらくして、ふたりはあの錬鉄と銅でできた大きなベッドに深々と横たわっていた。シェリは何も言うまいとする意地で口をかたく閉じ、目もぎゅっとつぶって、眠くて気《け》だるそうなふりをしている。

けれどぴったり寄り添っているレアの耳は、聞き取っていた。苦悩も感謝も愛も認めようとしない若い肉体の内側で、まるで囚《とら》われているかのように響き続ける遥かなざわめきと、かすかな震えを――レアの耳は、この上ない喜びとともに、聞き取っていた。

＊＊＊

「あなたのお母さん、どうしてゆうべのディナーのときに自分で話してくれなかったのかしら？」

「ぼくから話すほうがいいと思って、でしょ」

「まさか」

「そう言ってた」

「で、あなたは？」

「ぼく？　ぼくがなに？」

「あなたもそのほうがいいと思ったの？」

シェリはあいまいなまなざしで、レアを見上げた。

「うん」

そして一瞬考えてから、もう一度言った。

「うん、そのほうがいい……だろうな、って」

シェリに気まずい思いをさせまいとして、レアは窓のほうへ目をそらした。あたたかな雨が八月の朝を暗く濡らし、早くも紅葉している中庭の三本のプラタナスにまっすぐ降りしきっている。

「もう秋みたいね」レアはつぶやき、ため息をついた。

「どうしたの？」シェリが訊いた。レアは驚いて振り返った。

「べつに。この雨、いやだなあって思っただけ」

「そうか！　ぼくはまた……」

「また？」

「また、あんたがつらいんじゃないかって」

レアは思わず笑いだした。

「つらい？　あなたが結婚するから？　ちがうわよ、ねえ……あなたったら……あなたったら可笑《おか》しい……」

レアが声を上げて笑いだすことなど、めったにない。シェリはその陽気さにいらだち、肩をすくめると、いつものしかめ面でタバコに火をつけた。顎《あご》には不自然なほど力が入って、下唇を突き出している。

「昼食の前に吸っちゃだめ」レアは、たしなめた。

シェリは何かぶっきらぼうに言い返したが、レアは聞いていなかった。突然、自分自身の声の響きに気を取られたのだ。毎日機械的に与えていたこの注意が、過ぎ去った六年という時間のむこうから、こだまのように跳ね返ってきたかのような……。〈鏡のなかの鏡に映った世界にいるみたい〉レアは思った。それから少し努力して、現実の世界といつもの上機嫌に戻った。

「すきっ腹にタバコはだめよなんて言うのも、もうじき別のひとにまかせてしまえるのね！」レアはシェリに言った。

「あいつは、あいつには、そんな発言権はない」シェリは、はっきり言った。「ぼくが結婚してやるんだから。このおみ足が歩いた跡にでも口づけして、自分の運命に感謝すればいい。そういうことだね」

そしていっそう顎を突き出し、シガレットホルダーをぎゅっと噛みながら唇をわずかに開けたので、真っ白な絹のパジャマ姿とあいまって、まるで東洋の王子そのものといった風情になった。宮殿の深い闇のなかに浮かび上がる、青白い王子——。

一方レアは、顔映《うつ》りをよくするための「ドレスコード」と言っているバラ色の薄い部屋着をはおり、物憂げに思いをめぐらしていたが、やがて疲れ、平静なふりをしているシェリに一つひとつ口に出してぶつけてやろうと決めた。

「じゃあ、あのお嬢ちゃんと……どうして結婚してやるの？」

シェリはテーブルに両肘をつくと、無意識のうちに、もったいぶったときのマダム・プルーの顔を真似た。

「それはさ、わかるだろ、おまえ《マ・シェール》……」

「マダムかレアと呼びなさい。わたしはあなたの家政婦でもなければ、同じ年頃の遊び仲間でもありません」

レアは肘掛け椅子にすわり直し、低い声できっぱり言った。シェリは言い返そうとしたが、レアの美しい顔がおしろいの下で少しやつれて見え、瞳はあまりに青く率直な光で自分を包んでいたので、刃向かう気持ちも萎《な》えて、いつもはしないような引き下がり方をした。

「ヌヌーン、ぼくに説明させるのか……。だって、いつかは終わりにしなくちゃならないんだし。それに莫大な利益が出るんだ、この駆け引きで」

「どっちに？」

「ぼくに」シェリは、ほほえみもせずに答えた。「あいつには資産があってさ」

「お父さんの？」

シェリはバランスを崩して、でんぐり返った。

「知るか！　質問が多いね！　たぶんそうなんだろ。美人のマリー＝ロールは、自分の金《かね》から百五十万フランも出さないだろうしな。百五十万だぜ、それにけっこうな宝石まであれこれついてくる」

「で、あなたは？」

「ぼくは、もっと持ってる」プライドとともに、シェリは答える。

「それなら、お金なんて必要ないじゃない」

シェリは頭を振った。するとなめらかな髪に陽が当たり、青い波形の模様《モアレ》に光って流れ落ちた。

「必要、必要、ね……。金については考え方が違うって、あんたもわかってるよな。この件については意見が合わない」

「おかげでこの六年、話さずにすんだものね」

レアは身を乗り出すと、片手をシェリの膝の上に置いた。

「ねえ、自分の収入から、六年でいくら貯めたの？」

シェリはおどけて笑い、レアの足元に転がったが、それをレアは足で押し戻した。

「ねえ、まじめに……一年で五万フラン、それとも六万？　ねえってば、六万なの？　七万？」

シェリは絨毯《じゅうたん》の上にすわり、頭をのけぞらせてレアの膝にのせた。

「ぼくにそれだけの値打ちない？」

陽の光を全身に浴びながら、彼はうなじを少しまわして、目を大きく開いた。瞳は黒く見えたが、実際には赤みがかった暗い褐色だとレアは知っている。彼女は、これほどの美貌のなかでもとりわけ美しく、類いまれなところを選んで指し示すように、人差し指で一つひとつに触れていった。眉、まぶた、唇の端――。多少軽蔑もしているこの愛人の容姿《フォルム》に、レアは時おり敬意のようなものを抱かずにいられない。

〈ここまで美しいと、崇高だわ〉彼女は思った。

「ねえ、坊や……じゃあ、そういう話のなかで、お嬢ちゃんはどうなの？　あなたといると、どんなふう？」

「ぼくを愛してる。すごいと思ってる。だからなんにも言わない」

「それであなたは？」

「べつに」シェリはあっさり答えた。

「すてきな愛の二重奏」レアは夢見るような調子で言ってやった。

シェリは身を起こすと、あぐらをかいてすわった。

「ずいぶんあいつの心配をするんだな」きつい調子だ。「自分の心配は？　天地がひっくり返るようなことだろ」

レアは驚いてシェリを見た。驚きのあまり眉が上がり、口は小さく開き、肌も輪郭も上がって若返ったようにさえ見える。

「そう、あんたのほうだよ、レア。犠牲者はあんただろ。この件で同情される人物はあんたなんだぜ、ぼくに捨てられるんだから」

シェリはわずかに青ざめ、レアに冷たく当たりながらも自分が傷ついているようだ。

レアは微笑した。

「あら、でも、わたしは自分の暮らしを何も変えないつもりよ。一週間ぐらいは、たまに引き出しからあなたの靴下とかネクタイとか、ハンカチなんかが出てくるでしょうけど……一週間というのもたとえばの話で……引き出しはきちんと整理しておくのが好きだから、あなたも知ってるとおり。ああ、それから浴室を新しくしようと思って。工芸用の飾り焼結ガラス《パート・ド・ヴェール》を使ったらどうかしらって考えてて……」

ふとそこで言葉を切ると、レアは指先で宙に図面のような形を描きながら、享楽主義者の顔をしてみせた。だがシェリは、恨めしそうな目つきのままだ。

「あら、気に入らない？　じゃあどうすればいいの？　胸の痛みを隠してノルマンディーに戻ればいい？　どんどん痩せればいい？　髪の手入れもしなくなって？　マダム・プルーがわたしの枕元に駆けつけるようなことにでもなればいい？」

レアは腕をばたつかせながら、マダム・プルーのキンキン声を真似する。

「『まるで幽霊！　まるで幽霊！　気の毒に、百歳も年をとったわ、百歳も！』そうなってほしい？」

シェリはじっと聞いていた。そっけない笑みを浮かべ、かすかに鼻孔を震わせながら。感情が高ぶったのだろう。だが、それから大きな声で言った。

「そうだよ」

シェリの両肩にレアは、つややかでむっちり量感のあるむき出しの腕を置いた。

「子どもねえ！　そうだとしたら、わたしはもう四回も五回も死んでるわ。大事な愛人と別れたり……聞きわけのない坊やが新しい子に替わったり……」

そしてさらに低い、かろやかな声で言い足した。

「慣れてるのよ」

「知ってるさ」シェリは荒々しく言った。「そんなことどうだっていい！　ああそうさ、どうだっていいんだ、あんたの初めての男じゃなかったことなんか！　望むのは、いや、望ましいのは……しかるべき……ふさわしいのは……ぼくが最後の男になることだ」

シェリは身をよじって、美しい腕から逃れた。

「要するに、こんなこと言うのも……そうだよ……あんたのためだ」

「よくわかってるから。あなたはわたしのことを思ってくれて、わたしはあなたの婚約者《フィアンセ》のことを思って。こういうの、とってもいいじゃない？　素直で。広い心の持ち主どうしって、わかるわね」

レアは立ち上がると、シェリがまた何かぶっきらぼうに言い返すのを待ち受けたが、彼は口をつぐんだままだった。そしてその顔に失意の影のようなものが落ちたのを、初めて見たのだ。レアは、胸を締めつけられた。

彼女はかがむと、シェリの両脇の下に手を差し入れた。

「さあ、いらっしゃい、着替えて。わたしはもうドレスを着るだけよ。下着はしっかりつけてあるの。せっかくだから『シュワップ』に行って真珠をひと粒選んであげるけど、ほかにお望みはある？　結婚祝いはしてあげなきゃね」

シェリは急に目を輝かせて、跳び上がった。

「やった！　わあ、すてきだ、シャツにつける真珠！　バラ色っぽいのがいいな、すぐ選べるよ！」

「だめ、白いのよ、ちゃんと男の人がつけるような、ね！　わたしもすぐ選べるわ。でもまたすごい出費！　あなたがいなくなったら、しなくちゃならないのは、まず節約ね」

シェリの顔がふたたび暗くなった。

「それは、ぼくの後釜《あとがま》によるだろ」

レアは部屋のドアのところで振り返ると、この上なく明るいほほえみを送った。食べることが好きなしっかりした歯と、暗褐色のアイシャドーで巧みに翳《かげ》らせた、青い涼やかな瞳をきらめかせて。

「あなたの後釜？　日に四十スーとタバコひと箱だけね！　で、日曜日にはカシスのリキュールを一杯だけ。それでじゅうぶん！　そうやってわたしがあなたの子どもたちに、持参金を残してあげるの！」

＊＊＊

それから何週間か、ふたりはとても陽気になった。シェリの婚約が正式なものになったため、日に二、三時間、ときにはひと晩かふた晩、別々に過ごすことも増えていた。

「信用してもらわないといけないからな」シェリは言った。

レアは、マダム・プルーにヌイイから遠ざけられていたこともあり、好奇心に身をまかせて、シェリに雨あられと質問を浴びせた。シェリはもったいぶって、秘密をたくさん抱え込んでやってくるのだが、ドア口に現れたとたんにそれらをぶちまけ始める。そしてヌイイから脱出してきた解放感で、レアのところに戻るたびに、はしゃいだ。

「諸君！」ある日、彼は帽子を脱ぐと、それをそのままレアの胸像にかぶせて叫んだ。

「諸君、昨日からプルー宮殿で何が起きているか、ご存知だろうか？」

「まずそこから帽子をどけて。それから、ここにはあなたが言うろくでもない『諸君』なんていないでしょ。で、今度はどうしたの？」

レアは注意を与えながらも、つられて笑っている。

「戦闘開始だよ、ヌヌーン！　あのふたりの淑女《レディ》の間で！　マリー＝ロールとマーム・プルーが、ぼくの結婚契約書のことで髪のつかみ合いさ！」

「まさか」

「ほんと！　なかなかの見ものだったぜ。マーム・プルーの真似するから、オードブルをちょっとどけて……。『嫁資制《かしせい》[22]！　嫁資制のことですって？　法定後見人をつけないかですって？　侮辱だわ！　息子への個人的な侮辱だわ！　うちの息子の資産状

22　フランスの夫婦共同財産制度で、妻の財産のうち持参金の管理権を夫に与えるというもの。一九六五年に廃止された。

況だなんて、よくも！……よろしいですか、マダム……』」

「マリー＝ロールのこと、マダムって呼んだの？」

「そりゃもう啖呵を切るみたいにきっぱりと。『よろしいですか、マダム、うちの息子は成人してからビタ一文の借金もございません。それに一九一〇年からこちら、購入してきた有価証券の数々は現在……』、現在あれがいくら、これはいくら、あっちはぼくの鼻に相当して、こっちはお尻の……要するに、泣く子も黙るあのカトリーヌ・ド・メディシス[23]が、外交官になったか——って感じさ！」

レアは笑い過ぎて、青い瞳を涙で光らせた。

「ああ、シェリ！　こんなにおもしろかったあなたって初めてよ。で、対する美人のマリー＝ロールは？」

「あの人ね！　いやあ、すごいよ、ヌヌーン。あれは後ろに死体のふたつや三つ、転がってるってタイプの女だね。翡翠《ひすい》みたいな緑で全身かためて、髪は赤、肌は……ほら、『まるでまだ十八』だろ。そこにあの微笑だよ。われらが母上のキンキン声が響きわたっても、睫毛一本動かさず、攻撃がやむのを待ってこう言ったんだぜ。『奥様、息子さんがお金を貯めたのは一九一〇年からこちらでしかないなどと、あまり大きな声でおっしゃらないほうがよろしいんじゃありませんこと……』」

「パーンと命中したわね、痛いところに！　それでそのあいだ、あなたはどこにいたの？」

「ぼく？　いつもの大きな肘掛け椅子」

「肘掛け椅子？」

レアの笑いが止まり、食べる手も止まった。

「その場にいたの？　で、どうした？」

「ちゃんと気のきいたお返し、してやったさ……もちろん。マーム・プルーはぼくの名誉挽回のために、値の張る物をつかんで投げつけようとした。それをぼくは、椅子にすわったままで止めたんだ。『大好きなお母さん、やさしくしていて。ぼくみたいでいて。じつに愛想よく親しげにしてくださるこのすてきな義理のお母さまのようでいて』。で、財産については、『後得財産共通制[24]』にする、ってことにした」

23　一五一九―八九。イタリアのメディチ家からフランス王アンリ二世の王妃になったが、王の急死後、実質的に約三十年フランスを統治。

「よくわからないんだけど」

「あのセスト公爵がマリー＝ロールに、遺言でサトウキビ農園を遺したって話があるでしょ……」

「ええ……」

「その遺言って偽物《にせもの》だったらしい。セスト家の人たちはカンカンだよ！　訴えるって息巻いてる！　これでわかった？[25]」

シェリは嬉々として話す。

「わかったと思うけど、どうしてあなたがそんな話を知ってるの？」

「ああ、それはね、あのリリねえさん。あの人が、セスト公の末っ子に全力でアタックしたところでさ。純真な十七歳にだよ……」

「リリねえさんが？　まあいやだ！」

「……で、その末っ子がねえさんにしゃべっちまったってわけ。キスの合い間のピロートークで……」

「わたし気分が悪くなってきた、シェリ！」

「……それからリリねえさんが、先週の日曜、うちの母親のところに来てぼくの耳に入れたんだ。あの人、ぼくにメロメロだから。今もあれこれ言ってくるんだよ。ぼくがぜったい寝ようとしないんで！」

「そう願ってるけど」レアはため息をついた。「それにしても……」

レアは考えこみ、シェリはレアが一緒に喜んでくれてはいないと気がついた。

「あれ？　ねえ、ぼくもけっこうやるだろ？　ねえ？」

シェリが、白いテーブルクロスの掛かったテーブルの上に身を乗り出すと、食器に戯れていた陽の光がフットライトのようにその顔を照らした。

「ええ……」

〈……それにしても〉とレアは考え続けた。〈あの腹黒いマリー＝ロール、この子を完全に娼婦のヒモ扱いしたのね……〉

「ヌヌーン、クリームチーズある？」

24　特別な財産契約を結ばずに結婚した場合には、自動的に適用される制度でもあり、結婚後に得た収入や財産はすべて夫婦共有となる。
25　遺産などに関するさまざまなリスクを避けるために、最初から共有にしておこうということなのだろう。

「ええ……」

〈……なのにこの子は、聞き慣れてる褒め言葉だったみたいに、平然としてた……〉

「ヌヌーン、店の場所教えてよ。このハート形のクリームチーズが買える店。十月から雇うことにした新しい料理人に言っとくから」

「なに言ってるの！　これはうちで作ってるのよ。あれはなかなかの料理人だわ。ほら、あのムール貝のソースや、クリーム煮のパイ包み《ヴォロ・ヴァン》！」

〈……たしかにわたしはこの六年、この子を養ってきたようなもの……。でもこの子には三十万フランも金利収入があるんだから、ヒモだなんて言えるかしら？　もちろん金額より気の持ちようの問題だけど……たとえわたしが五十万貢いでも、ヒモにならない男たちだっているじゃない……。で、シェリは？　そうよ、わたしはこの子に貢いだことなんて一度もない。それなのに……〉

「それなのに」思わずレアは声に出した。「あの人はあなたをヒモ扱いしたんだわ！」

「誰が？」

「マリー＝ロール！」

シェリの目がぱっと輝き、子どもみたいな顔になった。

「だよね？　そうだよね、ヌヌーン、あの人が言いたかったのはそれだよね？」

「でしょうよ！」

シェリはグラスを高々と掲げた。ブランデーのように深い色をしたシャトー＝シャロン[26]の香り高いワインが、たっぷり揺れている。

「マリー＝ロール万歳！　すごい褒め言葉じゃないか、ねえ！　それをあんたの年になっても言ってもらえたら、もう言うことなしだ！」

「そんなことで幸せなら……」

それから昼食が終わるまで、レアはうわのそらだった。だがシェリは、賢明な彼女が口数の少ないことには慣れているので、母親のような日々の決まり文句しか言わなくても気にしなかった。

「いちばんよく焼けてるパンを取りなさい……白いふわふわのところばかり食べちゃだめ……。いくつになってもフルーツの選び方がわからないのね……」

しかしレアは、そう言いながらも内心暗い気持ちで、自分をきびしく責めていた。

26　ブルゴーニュ地方ジュラ県特産の高級白ワインで、黄色味が強い。

〈いずれにしても、わたしは自分が望んでいることをきちんと知っておかなくちゃ！　いったいわたしは何を望んでる？　この子が立ち上がって『マダム、今のは侮辱です！　ぼくはあなたが考えていらっしゃるような人間じゃありません！』って言えばよかった？　でも結局は、わたしのせいだわ——大事に育てて、なんでもじゅうぶんすぎるほど与えてきた。いつの日かこの子が家庭を持ってお父さん気取りをしたがるなんて、誰にわかったっていうの？　わたしにはわからなかった！　たとえわかったとしても、パトロンがよく言うように『血ですよ！　血は争えません！』ってことのはずなのに。パトロンの血なら、もしリアーヌのプロポーズを受け入れたとしても、彼女が淫売って言われたりしたら、かっとしてただじゃすまさないでしょうよ。でもシェリにはシェリの血が流れてる。この子は……〉

「今なんて言ったの、坊や？」レアは目の前の世界に戻って、たずねた。「聞いてなかった」

「『一度もなかった』って言ったんだよ。ね、『今回のマリー＝ロールとのことほど笑わされちまったことって、一度もなかった』って！」

〈やっぱり〉レアは結論を出した。〈この子はあれで、笑わされちまったって喜んで

るんだから〉

レアは、疲れをにじませながら立ち上がった。シェリがすぐその腰に腕をまわしたが、彼女はそれをはずした。

「えっと、いつだったかしら、あなたの結婚式？」

「来週の月曜日」

あまりにあっさりと無邪気な答えが返ってきたので、レアはあきれた。

「すばらしい！」

「なにがすばらしいの、ヌヌーン？」

「ぜんぜん真剣に考えてないみたいじゃない！」

「考えてない」落ち着いた声で、シェリは答えた。「全部決められてるから。式は二時、盛大な昼食会で大変な思いをしなくてすむように。五時にシャルロット・プルー邸でお茶の会。それから寝台車、イタリア、湖をめぐる旅……」

「いまどき、湖をめぐる旅？」

「そう。あちこちの別荘《ヴィラ》に、ホテルだろ、自動車だろ、レストランはどこそこ……で、モンテカルロ[27]へ！」

「でも彼女は？　彼女もいるでしょ……」

「そりゃ彼女もいる。たいしているってわけじゃないけど、いることはいる」

「で、わたしはもういない……」

予期せぬ言葉に、シェリは思わず動揺を見せた。瞳が生気なくぐるりと動き、唇からは急に血の気が引いて、いつもの美貌さえ歪んだ。だがレアに聞こえないように注意深く息をつくと、すぐに元の彼に戻った。

「ヌヌーン、あんたはいつだっている」

「まあ恐縮ですこと」

「あんたはいつだっているよ、ヌヌーン……」シェリはぎこちなく笑った。「ぼくがあんたに何かしてもらいたくなったら、いつでも」

レアは答えなかった。かがんで、落ちてしまったべっ甲の櫛飾りを拾うと、鼻歌を歌いながらそれを髪に挿した。そしてなおも楽しげに歌いながら、鏡の前に立った。別れを前に感きわまりそうだった一瞬を、こんなにもなにげなさそうに押し殺し、切り抜けたこと、けっして言ってはならない言葉——〈もっと何か言って……せがんで……求めて、しがみつきなさいよ。あなたはわたしを幸せにしに来るの、これからも……〉――そんな言葉をこらえたことに、誇りを感じながら。

＊＊＊

レアが到着するまで、マダム・プルーはしゃべりっぱなしだったにちがいない。頬は赤く火照《ほて》り、いつも注意深く――あからさまで陰険な雰囲気を感じさせるほど注意深く、あたりを監視している大きな目も、いっそう光って見える。日曜日の今日は、イブニングドレスよりはややカジュアルな黒の午後用のドレスを着ているが、スカートの部分がぴちぴちで、足がとても小さいのも、お腹が胃のあたりでぽっこり出ているのも、はっきりわかってしまう。

レアを見てふと口をつぐむと、マダム・プルーは手のひらであたためていた薄いグラスの中身をひと口飲んで、けだるく幸福そうに、彼女のほうへ首を傾《かし》げた。

「いいお天気じゃないこと？　この空！　この空！　十月だなんてとても思えないわ

27　モナコの北岸、建築家のシャルル・ガルニエが設計した国営カジノなどがある観光地。

ね？」

「ああ！　そう……そうねえ！　ほんとうに」即座にふたつの声が従った。

庭園の小道は、グレーがかった薄紫《モーヴ》の小菊《シオン》が左右を彩《いろど》り、その間を赤いサルビアが川の流れのようにゆったり蛇行している。ダイダイモンキチョウ[28]が夏と同じようにひらひら舞っているが、開け放たれた広間には、陽の光にあたためられた菊の香りが漂ってくる。黄色みを帯びた白樺の木が風に葉をそよがせ、その下では赤いバラ「ベンガル・ルージュ」[29]が咲き誇り、今もミツバチたちを離さずにいる。

「でもこのお天気も」マダム・プルーが、とつぜん夢みるように叫んだ。「このお天気も、あの子たちが過ごしているイタリアのお天気に比べたら！」

「ほんとに……そうねえ！」またも二重唱。

レアは眉をひそめながら声のほうを振り返り、つぶやいた。

「せめて黙っていてくれたらいいんだけど、あのふたり」

ラ・ベルシュ男爵夫人とマダム・アルドンザが、トランプテーブルでピケ[30]に興じている。マダム・アルドンザは元ダンサーだが非常に高齢で、つややかすぎる黒いカツラが少々ずれているうえ、リウマチで変形した両脚には包帯を巻いている。その正面に、頭一つ半ほど大きいラ・ベルシュ男爵夫人がどっかりすわっているが、肩は田舎の司祭様かと思うほどたくましく、そこに乗っている顔も、老いが進んで怖いほど男っぽくなっている。耳の中にまで毛が生えて、鼻の中や唇の上も茂みのよう、指まで毛深い……。

「ねえ男爵夫人、あたくしの九十点、知らんぷりしないでよ」マダム・アルドンザが、老女独特の震えるような声で言った。「つけて、つけて、その点数。みなさんに楽しんでもらうのが、わたくしの願いですもの」

男爵夫人はひっきりなしに人の幸福を願うことで、生来の粗野な残酷さを隠している。レアは嫌悪感を覚えて、まるで初めて見るように男爵夫人をじっと見つめ、それから視線をマダム・プルーのほうへ移した。

28 ヨーロッパで最も一般的なモンキチョウ。
29 花びらが比較的大きく開く。
30 三十二枚のカード（通常それぞれのマークのA、7、8、9、10、J、Q、K）を使い、手札の組み合わせで得点を競うゲーム。前出のベジーグの元となった。

〈少なくとも、まだ人間の姿をしてるわね、シャルロットは……〉

「どうしたの、レア？　具合でも悪い？」マダム・プルーがやさしく訊いた。

レアは美しい背筋を伸ばしながら答えた。

「とんでもない、ロロット[31]……。ここはほんとうに居心地がいいから、ほっとしちゃうのよ」だが内心ではこう思った。〈気をつけなくちゃ。残忍なのは、この人も同じ〉

そして顔に親しげな幸福感と、とろりとした満腹の表情を浮かべながら、ため息をついて、だめ押しをした。

「食べすぎたわ……。痩せなくちゃ！　明日からダイエットね」

マダム・プルーは両腕を振り回すと、媚《こ》びるように言った。

「あら、心に穴があいただけじゃ足りないの？」

「あははは！」マダム・アルドンザとラ・ベルシュ男爵夫人が高笑いした。「あははは！」

レアは立ち上がった。ダークグリーンの秋のドレスに長身が映え、カワウソの毛皮で縁取られたサテンの帽子の下で顔立ちも美しく、人間の残骸のような老女たちのなかで若さが際立つ。レアは一同に静かな視線を走らせた。

「まあ！……じゃあその穴のあいた心とやらを、一ダースほどいただきたいわ。一キロ減らせるようにね！」

男爵夫人が、タバコの煙をふーっと吐き出しながら応じた。

「おみごと、レア」

「マダム・レア、そのお帽子ね、いらなくなったら、ぜひあたくしに」老アルドンザが唐突にせがんだ。「マダム・シャルロット、あなたがくれたブルーの帽子、覚えてる？　あれ二年もかぶったのよ。ねえ男爵夫人、マダム・レアに流し目するのが終わったら、さっさとカードを配ってちょうだい」

「はいはい、あなたにツキがまわってきますように、ね！」

レアは広間の敷居のところで、しばらく佇んでいた。それから庭園に下りていき、ベンガルバラを一輪摘んだが、花びらは、はらはらと散っていった。風に乗って、白樺のそよぎや大通りの路面電車の音、環状線の列車の警笛などが聞こえてくる。ベンチにすわると、陽が当たっていてふわりと暖かかった。レアは目を閉じ、太陽

31　シャルロットの愛称。

が肩をあたためだすのにまかせた。そしてふたたび目を開けると、反射的に館のほうを振り返り、シェリの姿を探したのだ。広間の敷居に立って、肩だけドアにもたせかけているシェリ……。

〈いやだ、どうしたの？〉レアは自問した。

広間のほうからは甲高い笑い声が沸き起こり、歓迎のざわめきもぼんやり聞こえてくる。レアは立ち上がった。体が少し震える。

〈わたし、神経がおかしくなりかけてる？〉

「まあ！　おふたりおそろいで、おそろいで」ラッパのように高らかに、マダム・プルーが声を張り上げている。

男爵夫人の太いバスの声も、歌うように続く。

「すてきなカップル！　すてきなカップル！」

レアは身を震わせ、敷居まで走っていくと足を止めた。目の前に、到着したばかりのリリねえさんと年の離れた若い愛人、セスト公がいた。

人はリリねえさんのことを、よく「やりすぎね」と言うのだが、何が「やりすぎね」なのかは、はっきりしない――年はおそらく七十ぐらい、昔の中国の宦官《かんがん》のように四角っぽく見える太り方をしている。いつも子どものような明るさで、厚塗りしたバラ色の丸顔を輝かせ、大きな目と薄くくぼんだおちょぼ口で、恥ずかし気もなく男たちの気を惹こうとする。周囲が眉をひそめるほど流行を追いかけて、今日は明るい青と白のストライプのスカートが体の下半分を覆っているが、丈の短い青のスペンサージャケット[32]からは胸元がのぞき、堅い七面鳥の皮膚を型押ししたみたいな肌が見えている。その上のシルバーフォックスの毛皮も、植木鉢みたいな首、いや、だぶついて顎《あご》まで飲み込んでしまったかのような首を隠しきれていない……。

〈おお、いやだ〉とレアは思った。それでも醜く不気味な部分にばかり、目がいってしまう。たとえばバラ色がかった栗色のショートヘアのカツラに、つばが折り上げられた白いフェルトのブルトン帽を、子どもっぽくあみだにかぶっているところとか、前は「ヴィーナスの首飾り」と呼ばれていた首の皺がさらに深い溝になっていて、そこに埋もれたり現れたりしている真珠のネックレスとか……。

「レア、レア、あたしのかわいいお友だち！」リリねえさんはそう叫んで、レアのほ

32　腰の位置よりも若干丈の短いジャケット。

の宝石類《ビジュー》を厚底の靴に押し込み、むくんでふくらんだ小さな足をうへ向かってきた。むくんでふくらんだ小さな足を厚底の靴に押し込み、宝石類《ビジュー》のバックルが光るストラップで締めつけていて、とても歩きにくそうだったが、自分から先にこう言った。

「アヒルみたいでしょ、あたしの歩き方！　でもこれが、あたしらしいってこと！　ねえグイード、いとしい坊や、マダム・ド・ロンヴァルを覚えてる？　でも覚えすぎてたらだめよ、目ん玉ひん剝《む》きますからね」

　ほっそりしてイタリア人を思わせる顔立ちの男の子が、さっとレアの手に口づけした。大きくうつろな瞳、弱々しく細い顎。そしてひとこともしゃべらず、また陰に下がろうとしたが、リリがすばやくつかまえて一同を証人にするかのように、男の子の頭を自分の胸元の堅い肌に押しつけた。

「ねえご存知、マダム、ご存知？　この子とあたし、大恋愛なのよ！　ねえみなさん！」

「はしゃがないの、リリ」男爵夫人の男のような声がたしなめた。

「あらどうして？　あらどうして？」とシャルロット・プルー。

「見苦しいでしょ」と男爵夫人。

「やさしくないのねえ、男爵夫人！　すてきよ、ふたりとも！　ああ！」ここでシャルロット・プルーはため息をついた。「見てるとうちの子たちを思い出すわ」

「そうでしょ」リリが大喜びで笑った。「あたしたちもハネムーンだもの、あたしたちふたりも。ね、グイード！　で、こちらの若い新婚さんのニュースも聞きにきたのよ！　何から何まで聞かせてね」

マダム・プルーがまじめな顔になった。

「リリ、きわどい話を期待してもだめよ、いい？」

「そうなの、そうなのそうなの」リリは手を叩いた。そして飛び跳ねようとしたが、実際には肩と腰をわずかに持ち上げるのがやっとだった。「そういうことに惹かれちゃうの！　罪深い耳！　どうやっても治りそうになくって。このいたずらっ子も知ってることよ！」

口がきけないらしい男の子は、引き合いに出されてもやはり口を開かなかった。だが黒い瞳は、まるで怯えた昆虫のように白目の上を行き来している。レアはなおも動けないまま、それを見つめていた。

「マダム・シャルロットが、お式の話をしてくれてね」マダム・アルドンザが震え声で言った。「若き新婦はオレンジの花飾りをつけて、まさに夢のような美しさだったんですって」

「聖母《マドンナ》よ！　聖母のような美しさだったの！」不意に敬虔《けいけん》な思いを燃え上がらせて、シャルロット・プルーは声をかぎりに訂正した。「あんな光景は、生まれてこのかた一度も、一度も見たことがなかったわ！　息子は雲の上を歩いているようだった。雲の上を！……なんてすばらしい新郎新婦！　なんてすばらしい！」

「オレンジの花飾り……聞いた？　坊や」リリがつぶやいた。「それで、ねえシャルロット、あちらのお母さまは？　マリー＝ロールは？」

マダム・プルーの目が冷たく光った。

「ああ！　あの人……場違いったらありゃしない。まったくもって場違い……。全身ぴったりしすぎの黒いドレス、まるで水からあがったウナギ。胸もお腹も何もかも、くっきりわかって！　もう丸見え！」

「あの女！」ラ・ベルシュ男爵夫人が、軍人を思わせる荒っぽさで低く言った。

「そもそも人を馬鹿にしてるようなあの態度、ポケットには青酸カリ、ハンドバッグにはクロロフォルムをしのばせてますって顔！　そう、場違いのひとことに尽きますわね！　まるで五分しか時間がないみたいにして――ナプキンで口を拭いたとたん、『それじゃあ、エドメ。それじゃあ、フレッド』。で、もうお帰りになりました！」

リリねえさんは肘掛け椅子に浅く腰かけたまま、しぼんで皺の目立つ長老じみたおちょぼ口をわずかに開けて、固唾《かたず》を呑んでいたが、ここで思いきってたずねた。

「で、あちらのほうの教育は？」

「教育？」

「ほらあの――ああ坊や、手を握ってて！　ドキドキしちゃう――花嫁への初夜の教育よ！　誰がしたの？」

シャルロット・プルーはむっとして、リリをまじまじと見た。

「あなたの時代にはそういうこともあったかもしれないけど、もうすたれました」

リリは急に勢いづいて、握り拳《こぶし》をふたつ腰に当てた。

「すたれたですって？　すたれたかどうか、いったいあなたに何がわかるっておっしゃるの？　気の毒なシャルロット。ご家族には結婚した方がほとんどいらっしゃらないんですものね！」

「あはははは！」ふたりの家来が思わずまた高笑いする。

だがそれも、マダム・プルーの一瞥《いちべつ》でおさまった。そしてラ・ベルシュ男爵夫人が、頭に血の上ったご婦人たちの仲裁に入った憲兵のように、たくましい手を広げた。

「お静かに、お静かに、みなさん！　みんなそれぞれにこの世の楽園をお持ちなんだから、それ以上、何をお望み？」

だがシャルロット・プルーは、純血種の馬みたいに、戦いの匂いに敏感だ。

「喧嘩を売る気なら、リリ、お相手しますわよ！　あなたには当然、一目《いちもく》置いてますけど[33]、そうでなければ……」

リリは顎の先から腿まで揺らして笑った。

「そうでなければ、あたしに言い返すためだけに、あなたも結婚してみせてくれるの？　結婚なんてむずかしくないでしょ、ねえ！　あたしだってグイードと結婚するわ、この子が未成年でさえなきゃ！」

「そうなの？」思わず怒りも忘れて、シャルロットが訊いた。

「あら！……『いとしいひと、セスト公爵夫人《プリンセス》！　ピッコラ・プリンチペッサ[34]、ピッコラ・プリンチペッサ！』このかわいい公爵《プリンス》ったら、あたしのことをそう呼ぶのよ！」

リリがスカートをつまんでくるりと回ると、くるぶしがあるはずのところに金のアンクレット[35]が光った。

「ただね」声を落としてリリが続ける。「この子の父親が……」

リリは今の回転で息が切れて、無口な男の子を手で促した。すると彼は丸暗記したことでも述べるように、早口の小声で言った。

「父、パレーゼ公爵は、ぼくがリリと結婚するなら修道院に入れると言うんです……」

「修道院に！」シャルロット・プルーが金切り声を上げた。「修道院に、男の人を！」

「男の人を、修道院に！」ラ・ベルシュ男爵夫人は、深みのあるバスの声でいなないた。「なんということ、興奮するわね！」

「文明からかけ離れたところにいる人たちよ」リウマチの手を組み合わせるようにしながら、アルドンザが嘆き声を上げてみせる。

33 一目置くのが当然であるのは、リリが高齢だから。
34 イタリア語で「かわいい公爵夫人」の意味。
35 足首につける腕輪のような装飾品。

とつぜんレアは立ち上がった。その拍子に、中身のたっぷり入ったグラスが落ちた。

「透明なグラスね[36]」マダム・プルーが満足げに確認した。「うちの新婚のふたりに、あなた、幸運をもたらしてくれたのね。そんなに急いでどちらへ？　お宅が火事にでも？」

レアはやっとの思いで、秘密めいた笑みを薄く浮かべた。

「火事、そうかもしれないわね……。しーっ！　質問はお断わり。ないしょ……」

「まさか？　新しい男《ひと》？　そんな！」

シャルロット・プルーはその先が知りたくてたまらず、ひな鳥みたいにピーピー騒いだ。

「どうりで様子がおかしいと思ったのよ」

「そうよそうよ！　全部白状しなさい！」あとのふたりも加わって、三人で今度は子犬みたいにキャンキャン言う。

次の瞬間、レアは両手を、袖《そで》を、ゴールドの編地《あみじ》のハンドバッグを、三方からつかまれた——皮膚のたるんだリリの手と、アルドンザおばさんの変形した手と、シャルロット・プルーの固くなった指がいっせいに伸びてきたのだ。それらすべてを振りほどくと、レアはからかうような表情で、もう一度笑ってみせた。

「だめよ、時期尚早、台無しにしたくないから。今はわたしだけの秘密！……」

そして玄関のほうへ駆けだした。ところがそのとき目の前でドアが開き、ひょうきんなミイラを思わせる皺だらけの老人が現れて、両腕で彼女を抱き止めたのだ。

「レア、べっぴんさん、このベルテルミじいやにキスしておくれ。さもないと、通さないよ！」

レアは、ぎょっとしたのと放してほしいのとで悲鳴を上げ、自分をつかんでいる骨ばかりのような手を、手袋もろともぴしゃっと叩くと、そのまま逃げ去ったのだった。

＊＊＊

つるべ落としの秋の夕暮れどき、空が濃い青に染まっていくなかで、レアはヌイイ

36　フランスではグラス、特に透明なクリスタルグラスを割ると良いことがあるという縁起かつぎがある。

の並木道でも、ブーローニュの森の小道でも、何も考えまいとした。かすかに体が震えていた。

それで車に乗ると、窓をぴったり閉めた。やがて小ざっぱりとしたきれいなわが家に帰り着き、バラ色の寝室や家具と花でいっぱいの部屋を前にして、ようやく人心地がついた。

「ローズ、早くお部屋に火を入れて！」

「暖房は冬と同じ二十二度になっておりますよ。奥様が毛皮のストールだけでお出かけになるからいけないんです。夕方は気をつけませんとね」

「ベッドにすぐ湯たんぽを入れて。お夕食には大きなカップで、うんと濃くしたココアを――卵の黄身を泡立てたのも入れてね。あとトーストにブドウ……。早くね、凍えそうなの。ヌイイのあの騒々しい家で風邪をひいたわ……」

レアは横になると、歯がガチガチ鳴り出さないよう、食いしばって我慢した。ベッドのあたたかさで、こわばっていた筋肉もしだいにほぐれていったが、なかなかほっとした気持ちになれない。ココアを待ちながら、運転手のフィリベールがつけている帳簿に目を通してみる。

泡立った熱々のココアが運ばれてくると、少しずつ飲んで、小枝についたままの白ブドウ《シャスラ》の房を――ランプの光にかざすと緑色がかった琥珀色に見える長い房を、手でゆらゆらさせながら、ひと粒ずつ選んでは口に入れた。それから枕元のランプを消し、お気に入りの仰向けの姿勢でベッドに体を伸ばして、心身がゆるんでいくのにまかせようとした。

ところがそのとき、またも震えと不安に襲われたのだ。

〈どうしたんだろう?〉

ヌイイの、誰もいないあのドアばかりが脳裏に浮かんで離れない。川の流れのような赤いサルビアに囲まれた、ヌイイの広間のあのドア――。

「普通じゃないわね」レアはつぶやいた。「たかだかドアのことぐらいで、こんなふうになったりはしないものよ」

つづいて三人の老女の姿もよみがえってくる。リリのあの首。マダム・アルドンザがこの二十年というもの持ち歩いているあのベージュの膝掛け。

〈あと十年たったら、わたしもあの三人のうちの誰かみたいになるのかしら?〉

そう思ったが、なぜか身震いは起きない。だが、どこか別のところで不安な気持ちが募っていく。

今日一日の場面から場面へ、思い出から思い出へ、レアは記憶のなかをさまよって、赤いサルビアに囲まれた誰もいないあのドアを、脳裏からなんとか消そうとした。ベッドのなかでそんな自分をもてあまし、小刻みな震えも止められないまま。

すると突然、強烈な何かに撃たれて、レアは唇を歪ませた。一瞬、体に異変でも起きたのかと思ったが、荒い息にはやがてすすり泣きが混じり、泣きながらレアはかすれた声で叫んだのである。

「シェリ！」

涙は後から後からあふれて、すぐには抑えることができなかった。

だが形勢を立て直すと、レアはベッドに起き上がって目元を拭き、ランプをつけた。

「ああ！　なるほど」彼女はつぶやいた。「そうか」

それからベッドサイドの引き出しから体温計を取り出し、脇の下にはさんだ。

〈三十七度。病気というわけじゃない。そうか。つまり、つらいんだわ、わたし。それならなんとかしなくちゃ〉

レアは水を飲むと立ち上がり、腫れた目元を洗いながら冷やし、おしろいをはたいてから暖炉の火を掻き起こすと、ベッドに戻った。

苦悩という名の、初めて出会った敵を前にして、レアは警戒心で武装し、用心深くなっていた。安楽で心地よかった恋多き日々、ときには貪欲に過ごしてもきたこの三十年が、去っていこうとしている。五十に手が届こうというのに、いまだ若くて、裸同然のようなレアを置いて。

レアはそんな自分をあざ笑い、苦悩にも無感覚になってほほえんだ。

〈さっきはわたし、どうかしてたんだわ。もうなんでもない〉

ところが無意識のうちに動かした左腕が、いつもそこでまどろんでいたもうひとりの頭を抱いて守るような形になったとたん、またも激しい痛みに襲われたのだ。

彼女は、はじかれたように起き上がった。

「なんてこと！　これじゃだめよ」レアは声に出して、きびしく言った。

時計を見ると、そろそろ十一時だ。頭上では、年老いたローズが足音をしのばせて階段に向かい、屋根裏部屋に上っていく気配がしている。やがてそれも消えた。敬意を持って接してくれるあの老嬢を呼んで、慰めてもらいたい気持ちを、レアはこらえた。

〈だめだめ！　使用人たちの間で噂になったらいけないでしょ？〉

レアはふたたびベッドを出ると、寒くないように中綿《なかわた》の入ったシルクのガウンを着て、両足を暖炉の前であたためた。それから窓をわずかに開けると、何を聞くでもなく耳をすました。

湿気を含んで夕方より暖かくなった風が、雲を連れてきたようだ。すぐ近くのブーローニュの森の木々も、その風に吹かれては、まだ茂っている葉をさかんにざわめかせる。

レアは窓を閉めると、新聞を手に取り、日付を読んだ。

「十月二十六日――シェリが結婚してから、ちょうど一か月……」

レアはけっして「エドメと結婚してから」とは言わなかった。

シェリがしているように、レアもまたあの若い娘を、生きている存在としてではなく、影のようなものとしてしか考えていないのだ。栗色の瞳、銀白色の髪、とても美しくて少し巻き毛で――あとは、夢のなかに出てくる顔のようにぼやけていく。

〈今ごろイタリアで、きっと愛し合っているんだわ。ま、そんなこと、わたしにはどうでもいいけど……〉

レアは強がっているわけではなかった。若いカップルの姿や親しげなその様子を思い浮かべても、さらには、ベッドで果ててひととき動かなくなったシェリの顔や、ぐったり閉じられたまぶたの間からひと筋の光のように見える白目などを思い出しても、好奇心も嫉妬も湧き上がってはこない。

ところが、淡い灰色《パールグレー》の木の家具に、乱暴なシェリが残した傷を目にしたとたん、レアはまた動物のようにわなないて、身をよじったのである……。

「ここに傷をつけたあのきれいな手は、永遠におまえのもとを去ったのだ……」レアはつぶやいた。

「今のちょっといいわね！　別れのつらさで、わたし、詩人になれそう！」

それから部屋のなかをぶらぶらしたり、すわったり、また横になったりして、夜が明けるのを待った。

ローズが八時に来てみると、レアは机に向かって何か書いているところで、老家政婦はそんな光景をまのあたりにして気を揉《も》んだ。

「お加減《かげん》でも悪いんですか、奥様？」

「まあなんとか元気よ、ロゼ。[37]歳《とし》ね、きっと……。田舎の空気を吸ったほうがいいってヴィダルが言うの。おまえも一緒に来る？　予報によると、今年の冬はお天気がよくないらしいから。太陽が輝くところへ、オリーブオイルたっぷりのお料理をちょっと食べに行くのはどう？」

「それでどちらへ？」

「そんなこと聞かないの。とにかくトランクを出してちょうだい。毛皮《ファー》の毛布も、よく埃を払っておいてね……」

「お車で行かれますか、奥様？」

「そうね。そうするわ。身のまわりを快適にしてくれるものは、全部持っていきたいのよ、ローズ。ね、今回はひとりだから。わたし自身が楽しむ旅行なの」

それから五日間、レアはパリを走り回り、手紙を書き、電報を打ち、南仏から至急電報や手紙で返事を受け取った。

そして、パリを出発したのだ。マダム・プルーに、短いけれど三度書き直した手紙を残して。

親愛なるシャルロット、

お別れの挨拶もせず、ささやかな秘密を打ち明けもしないでパリを離れるのを、悪く思わないでね。わたしはほんとにどうかしているみたい！……でも人生は短いのだから、せめて楽しく過ごしたいわね。

あなたに心からのキスを。坊やが帰ってきたら、どうぞよろしく。

懲りない友、レア

追伸——うちの給仕長や門番を問いただしに来たりしないように。誰も何も知らないので。

＊＊＊

「ねえ、私の大事な坊や、なんだか顔色がよくないんじゃない？」

「ゆうべは列車のなかだったから」シェリは短く答えた。

37 ローズの愛称。

マダム・プルーは、思っていることを全部は言えなかった。息子は変わった――ほんとうはそう感じていたのだ。

〈この子は……そう、この子は宿命的《ファタル》[38]な感じになったわ〉

マダム・プルーはそう決めつけると、声を張り上げ、情熱的に締めくくった。

「イタリアのせいね！」

「そう思いたきゃ」シェリはどうでもよさそうに譲歩した。

母と息子は一緒に朝食をすませたところで、シェリは「門番のカフェオレ」と呼んでいるものを、一瞬暴言にも聞こえる褒め言葉で歓迎していた。それは黄金色をした脂肪分たっぷりの甘いカフェオレで、中にこんがり焼いてバターを塗ったパンをちぎって入れ、それからもう一度弱火でじっくりあたためて作る。すると、味を含んで今にもとろけそうなパンが、カフェオレの上に広がるというわけだ。

シェリはウールの白いパジャマ姿のまま、寒そうに両腕で膝を抱えている。シャルロット・プルーは久しぶりの息子とのひとときのため、明るい金盞花《きんせんか》の色の薄いガウンと、朝用のボンネットを新しくおろしたのだが、そのボンネットでこめかみのあたりの髪がペッタリして、すっぴんの顔がいっそうおどろおどろしい。

息子に見つめられて、彼女は甘い声を出した。

「どう？ ちょっと古風な感じにしてみたのよ！ そのうち髪粉も振ってみようかしら。このボンネット、いいでしょ？ 十八世紀風じゃない？ デュ・バリー夫人[39]みたい？ それともポンパドゥール夫人[40]？ 誰に似てる？」

「年寄りの囚人」シェリは、にべもなくはねつけた。「そんな格好やめとけよ。でなきゃ、前もって言ってくれ」

---

38 男性を破滅に追いやる魔性の女への形容。メリメ『カルメン』のカルメン、新約聖書のサロメ、プレヴォ『マノン・レスコー』のマノンなどが代表としてあげられる。

39 一七四三―九三。ポンパドゥール夫人亡きあとのルイ十五世の公妾。ルイ十六世に嫁いだマリー＝アントワネットが、彼女の出自の悪さをきらって対立。最後はフランス革命により断頭台に送られた。

40 一七二一―六四。ルイ十五世の公妾。政治に関心の薄かったルイ十五世の時代の陰の実力者と言われているが、当時の貴族の女性たちにとってはファッション・リーダーで、前髪を大きくふくらませて高い位置でまとめたその髪型は今も「ポンパドゥール」と呼ばれる。現在の大統領官邸であるエリゼ宮は、当時、彼女のパリ滞在のためにルイ十五世が買い与えた邸宅だった。

マダム・プルーは思わずうめいたが、すぐに高笑いした。

「あははは！　きついこと言うのねえ！」

だがシェリは笑わず、うっすら雪の積もった庭のほうを見た。ゆうべ降った雪が、庭の芝生を覆っている。シェリの顎のあたりが、かすかに痙攣している。いらいらしているのだ。

さすがのマダム・プルーも気おくれし、息子にならって口をつぐんだ。

そのとき人を呼ぶベルが、遠慮がちな音でトリルを奏でた。

「エドメだわ。朝食をたのんだのね」とマダム・プルー。

シェリは答えなかった。そしてしばらくしてから、こう言った。

「暖房、どうかしてるの？　寒いよ、ここ」

「イタリアのせいね」マダム・プルーが、またもうっとりと言った。「太陽の輝きに、瞳も心も満たされて帰ってきたんだものね！　ここはまるで北極！　北極でしょう！ダリアの花も一週間ともたないんだから。でもね、坊や、心配しなくていいのよ。愛の巣の工事は着々と進んでるわ。あの建築屋がパラチフスなんかにならなけりゃ、今頃もうできあがってたんだけど。最初からちゃんと言ってあったのに。そりゃうるさくは言わなかったかもしれないけど、一度や二度でなく――『よろしいこと、ムッシュー・サヴァロン……』」

窓辺に佇《たたず》んでいたシェリが、とつぜん振り返った。

「日付はいつだった？　あの手紙」

マダム・プルーは、子どものようにきょとんとした。

「どの手紙？」

「さっき見せてくれたレアの手紙」

「日付はなかったの。でも受け取ったのは、十月最後の土曜日の前の晩だったわね」

「そうか。で、知ってる？　誰なのか……」

「誰なのかって？」

「だから、その、一緒に行ったやつ」

まったく化粧していないマダム・プルーの顔に、わずかに楽しげな表情が浮かんだ。

「それがね、ほんとにもう！　誰も知らないの。リリねえさんは今シチリア島だし、ほかのみんなも、なんにも知らないって。謎なの、胸を締めつけられるような謎！　でもおまえも知ってのとおり、この私のことだから、あちこちでちょっとした噂を集めてみたんだけど……」

シェリの黒い瞳が、白目の上を動いた。

「どんな噂？」

「若い男ですって……」マダム・プルーは声をひそめた。「若い男で……どうも感心できない人だとか……。でも、見た目はすごくいいらしいの！」

もちろん嘘だ。マダム・プルーは、とりわけ品の悪い憶測を選んで話を作り上げたのだ。シェリは肩をすくめた。

「あーあ……見た目はすごくいい、か！　レアも気の毒に、パトロンのジムにいる筋骨隆々な小僧が目に浮かぶね。手首まで黒い毛がびっしり生えてて、手のひらは湿ってるような……。さてと、寝直してくるか。話、聞いてたら眠くなった」

バブーシュを引きずりながら、シェリは自分の部屋に引き返していった。だが長い廊下や広い踊り場ばかりが続いて、この家の再発見を強いられているかのようだ。と、いきなり出っ張りのある棚にぶつかって、驚かされた。

「ちぇっ、こんなところに棚なんてあったっけ……。ああ、そうだ！　あったな……。で、こいつはいったい誰？」

引き伸ばした写真の男に向かって、シェリはつぶやいた。葬儀のときにでも使われたのか、黒い木の額に入ったまま壁に掛けられているが、すぐそばには極彩色の陶器が置いてある。これにも見覚えがない。

マダム・プルーはこの二十五年、引っ越しをしていないうえ、突飛な好みと物をためこむ性格もあって、家には妙な品々が性懲りもなく蓄積されている。

「お宅は、まるで蟻《あり》の巣ね。それも頭がどうかしちゃった蟻の」リリねえさんは、はっきりそう言ったが、彼女はといえば絵画、特に前衛絵画に目がないものだから、マダム・プルーはこう言い返した。

「だって、いい物を片づける必要なんてないでしょ」

というわけで、薄緑色の廊下――「病院の廊下の色」とレアは言ったが――の塗料が剝《は》げてくれば同じ色で塗り直させ、長椅子のガーネット色のビロードを張り替えるとなれば、あくまで同じガーネット色のビロードを探す……。

ドアが開いたままの洗面所の前で、シェリは足を止めた。赤い大理石の洗面カウンターに、ダブルの白い洗面ボウル。それぞれイニシャルもついている。その上のウォールランプはスズランの形だ。

シェリは、すきま風に当たってゾクッとしたときのように、耳のあたりまで大きく肩をすくめた。

「まったく、ひでえ趣味だな、この雑貨屋《バザール》みたいな家は！」

そして大股で歩きだしたが、廊下の突き当たりに、今度は赤と黄色の小さなステンドグラスで縁取られた窓が現れた。

「ここもかよ」シェリはうめくようにつぶやくと、廊下を左に折れて、ドアを――かつての自分の部屋のドアを――ノックすることなく乱暴に開けた。

とたんに、小さな叫び声が上がった。ベッドに、朝食を終えようとしているエドメがいた。

シェリはドアを閉め、その場で自分の若妻をじっと見た。

「おはよう」エドメはほほえんだ。「どうしてそんなにびっくりしてるの！」

外の雪が反射して、淡いブルーに輝く光がエドメを包んでいる。細かくカールした栗色の髪は、ときに銀白色に見え、乱れたまま下ろされているものの、優美な撫《な》で肩の素肌がところどころのぞいている。白い頬は、ネグリジェと同じように淡いバラ色を帯び、唇はバラ色とはいえ、昨晩の体力消耗で青ざめている――まるで描かれたばかりの、だがまだ完成してはいない絵を、少し遠くから眺めるかのようだ。

「おはようって言って、フレッド」エドメがせがんだ。

シェリはベッドにすわると、彼女を抱きしめた。エドメはそのまま、シェリとともにゆっくりベッドに倒れ込んだ。シェリは片肘をついて、真上からこのみずみずしい生き物を見つめる。

気だるそうにしていてさえ、その美しさは少しも損なわれていない。張りがあって、皺など一本もない目の下のふっくらした肌や、うぶ毛で銀色に見え、思わず触れたくなるかわいい頬に、シェリは心を奪われたようだ。

「いくつだったっけ、きみ？」不意に彼が訊いた。

エドメは、閉じていた目をそっと開けた。ハシバミの実のような淡い褐色の瞳が現れ、微笑といっしょに小さな四角い歯ものぞく。

「え？……今度の一月五日で十九よ。覚えておいてね！……」

シェリが急に片腕を引っ込めたので、エドメはたすきがけにしていたリボンがほどけたみたいに、ベッドの窪みへすべり落ちた。

「十九か、びっくりだな！　ぼくは二十五を過ぎてるって知ってる？」

「知ってるわよ、フレッド……」

シェリはナイトテーブルから、黄金色に光るべっ甲の手鏡を取ると、のぞきこんだ。

「二十五！」

重ねた歳月を感じさせない、大理石のように白い肌をした二十五歳。だが目尻と目の下には、古代風の彫刻みたいなまぶたを薄くなぞったように、手ごわくも軽やかな時の手が刻んでいった二本の線が、光をいっぱいに浴びたときだけ浮かび上がる……。

シェリは手鏡を置いた。

「きみはぼくより若いんだ」彼はエドメに言った。「いやになるね」

「わたしは全然！」

強い調子で、当たり前とでも言いたげに、エドメは答えた。

シェリは気にもとめず、大まじめで訊く。

「ぼくの目がどうしてきれいか、わかる？」

「わからないわ」とエドメ。「わたしがその目を愛してるから？」

「詩人だねえ」シェリは肩をすくめる。「舌平目の形に似てるからだよ」

「……なんの形？」

「舌平目」

シェリはエドメのそばにすわると、目のあたりを示しながら話しだす。

「ほらここ、この目頭が、舌平目の頭。それからなだらかに盛り上がる。舌平目の背中さ。ところが下に来ると、まっすぐなラインだろ。舌平目の腹だな。で、こめかみのほうに切れ上がった目尻は、舌平目のしっぽってわけ」

「へえ?」

「な、もしこの目がカレイみたいに上も下も丸かったら、まぬけな顔になる。そうだろ。こういうこと知ってた? きみ、バカロレア[41]に受かってるんだよな?」

「知らなかったけど……」

エドメはそのまま口をつぐむと、途方に暮れた。シェリが、まるでちょっと変わった人のように、やけに熱弁をふるったからだ。

〈この人、ときどき〉エドメは思った。〈野蛮人みたいな感じになる。ジャングルにでも住んでる人みたいっていうか。でも植物のことも動物のことも知らないのよね。

41　フランス教育省が発行する、中等教育レベル認証の国家資格。

人間のことだって、知らないように見えることが、よくある……〉

シェリは片手で彼女の肩を抱き、もう片方の手で、彼女がつけている美しいネックレスの、丸くきれいに粒のそろった小さな真珠をいじりだした。エドメは、シェリがふんだんにつけている香水の香りに陶然となり、暑い部屋に置かれたバラのように、ぐったりとなった。

「フレッド……もう少し寝ましょ……。なんだか疲れたわ……」

シェリは聞こえなかったらしい。真珠のネックレスを執拗に、不安げに見つめている。

「フレッド……」

ふと彼は身震いし、立ち上がると猛烈な勢いでパジャマを脱ぎ捨て、全裸でベッドに飛び込んだ。そして、鎖骨がきれいに浮かび上がっているエドメの若い肩のあたりに、頭をのせる場所を探した。エドメは腹部をへこませ、片腕を広げて、全身で彼を迎えた。

シェリは目を閉じ、動かなくなった。その体の重みで、エドメは少し息苦しかったが、慎重に目をさましたまま、シェリは眠ったのだと思った。

ところがまもなく、眠っていながら無意識に上げるようなうなり声とともに、シェリは大きく寝返りを打って、ベッドのむこうの端まで行ってしまったのだ。

〈こういう癖なのね〉エドメはひとりでうなずいた。

＊＊＊

冬のあいだじゅう、窓が四つあるこの四角い部屋で、エドメは目をさますことになるらしかった。新居の完成が悪天候で遅れているうえ、シェリの気まぐれで、黒い浴室、中国風の客間《サロン》、地下にはプールとトレーニング・ルームを作ることになったからだ。建築家に反対されても、そのたびにシェリはこう言った。

「いいからさ、金なら払う。客はこっちだろ。値段はかまわないから」

そのくせ見積もりをきびしくチェックして、こう言うこともあった。

「プルーの息子から、金を巻き上げようなんて思うなよ」

実際、繊維セメントや色のついた化粧漆喰《スタッコ》といった建築資材の値段について、彼は意外にもすらすら言ってのけ、数字も正確だったので、業者たちも一目置かざるを得なかった。

だが若い妻にはほとんど何の相談もせず、夫の権威を見せつけるような態度をとったり、不確かな場合だとぶっきらぼうに命令してごまかしたりするばかりだ。エドメは、彼に色彩のセンスはあるものの、形や様式についてはいい加減にしがちだと気がついた。

「きみは細かいことばっかり気にするね……。なんと言うか、うーん……エドメ。喫煙室？　それならこうする。壁は青、くっきりしたあざやかな青。絨毯は紫、青い壁の前で消えてなくなるような紫だな。で、中の家具や置き物は、臆することなく黒、それに金」

「そう、すてきね、フレッド。でもその色合い、美しいけどちょっと強すぎるんじゃないかしら。優雅な明るい色調が足りない気がするの。白い壺とか、彫像とか……」

「いいや」彼は断固としてさえぎった。「白い壺なら、裸のぼくがいればいい。で、あれ、ほら、西洋カボチャみたいな赤いクッション、あれも置こう。ぼくが裸でぶらぶらするときのためにね」

ふたりの新居がシェリを崇《あが》める神殿か、いかがわしい宮殿のようなものになりそうな気配に、エドメはひそかに反発しながらも魅惑され、淡い夢をあたためていた。だからそれ以上言い返すこともなく、母マリー＝ロールからのお祝いの品である高価で小さな家具を置くため、「どこかちょっとした角《コーナー》に」白い背景がほしいと、やさしくたのんだだけだった。

こうしたやさしさは、未熟とはいえ、すでによく鍛えられた意思の力を秘めていた。だからこそ彼女は、すでに四か月ものあいだ姑とともに暮らし、自分の心の平穏やまだ遠慮しがちな陽気さや、人との接し方に対して、たえず仕掛けられる罠や待ち伏せからも身をかわすことができたのだ。なにしろマダム・プルーは、こんなにもしおらしい獲物がつねに身近にいるようになったために、すっかり興奮して箍《たが》がはずれ、やたらと嫌みを言ったり、どんなことにも嚙みついたりしていたのだから……。

「落ち着いてくださいよ、マダム・プルー」シェリはよくそう言った。「ぼくが止めに入らなかったら、来年の冬はいったい誰を標的にするんです？」

エドメは夫のほうへ、怖さと感謝で震えている目を上げ、考えすぎないように、マダム・プルーをあまり見ないように努めた。

ある晩など、マダム・プルーはさもうっかりしたように三回続けて、飾り鉢に盛った菊の花越しに、エドメと言うかわりにレアの名を呼んだ。シェリは、あの悪魔のような眉になってうつむくと、言った。

「マダム・プルー、記憶力がおかしくなってきましたね。どこかに隔離して治療したほうがいいですか？」

それから一週間は、さすがのシャルロット・プルーも口を閉じていたのだが、エドメは夫に、けっしてたずねてみようとしなかった――「あなたが怒ったのは、わたしのため？　守ろうとしてくれたのは、ほんとうにわたし？　前の女性《ひと》ではなくて？」

エドメは幼かったころも、十代に入ってからも、忍耐と希望と沈黙を、つまり自由を奪われた者の武器と美徳のおだやかな使い方を、学んできた。美しいマリー＝ロールは一度も娘を叱らず、ただ罰してきた。一度もきびしい言葉を口にせず、かと言って、やさしい言葉もかけなかった。

子ども時代の孤独の次は、寄宿学校での生活がエドメを待っていた。どの年のヴァカンスも孤独だったし、帰ってくれば流刑のように、何もかもが揃った部屋でひとりにされた。そしてその後は、結婚しろとうるさく言われるようになったのだ。どんな結婚でもいいからと。美しすぎる母の目が、娘に兆《きざ》し始めた別の美しさを見逃さなかったからだった。まだ抑えつけられているような、はにかみがちの、それだけにいっそう人の心を惹く美しさを……。

冷ややかな象牙と黄金でできているようなこの母に比べれば、シャルロット・プルーの「いじわるの輪舞曲《ロンド》」など、ロゼワインのような淡いバラ色にすぎない……。

「きみは、敬愛すべきわが母上が怖い？」ある晩、シェリはエドメに訊いた。

エドメはほほえみ、気にしないというように唇を尖らせた。

「怖い？　いいえ。ドアをバタンって閉められるとびっくりするけど、べつに怖くはないわ。怖いのは、音もなく足元を通っていく蛇よ……」

「恐ろしい蛇なんだな、マリー＝ロールは？」

「恐ろしいわ」

シェリは一瞬、打ち明け話が始まるのを待ったが、エドメはそれ以上何も言わなかった。そこで彼女の細い肩に、ただ腕をまわした。仲間どうしのように。

「ぼくら、ちょっと孤児《みなしご》みたいだな。ちがう？」

「ほんと、孤児みたい！　それでこんなにおとなしくて！」

エドメはシェリにぴったり身を寄せた。部屋にいるのはふたりだけだ。マダム・プルーは二階の台所で、シェリが言うところの「明日の毒物」の準備をしている。夜の大気は冷たく、窓には家具やランプが池のように映り込んでいる。だがエドメはシェリのぬくもりに包まれ、守られて、たとえそれが見知らぬままの人のようであっても、安らかな気持ちになっていた。

ところが、ふと彼を見上げたとたん、驚いて小さく声を上げた。灯りのほうへのけぞらせた端整なシェリの顔に、絶望の色が浮かんでおり、閉じられたまぶたから今にもあふれそうな涙が、睫毛の間できらめいていたのだ……。

「シェリ、シェリ！　どうしたの？」

思わずエドメはそう呼びかけていた。これまで親密で甘すぎる気がして、一度も口にしようとしなかった呼び方で。シェリはうろたえながら応じ、ふたたびエドメに視線を戻した。

「シェリ！　ああ、わたし怖い……。いったいどうしたの？」

シェリはエドメを少し引き離すと、両手でエドメの腕をはさむようにして、正面にすわらせた。

「おいおい、この子はもう……。ん、なにが怖いっていうの？」

そして、涙のせいでいっそう美しくなったビロードのような目を、おだやかに大きく見開いて、でも心の内は表さないまま、彼女を見つめた。

〈お願い、何も言わないで〉とエドメが言おうとしたそのとき、彼は言った。

「馬鹿だよな！……ぼくらが孤児みたいだなんて……。ふん、本当すぎるじゃないか」

いつものおどけたような、もったいぶった態度に戻った彼の姿に、これならもう何も言わないだろうと思って、エドメはほっとした。

一方シェリは、大きな燭台の火を注意深く消し始めたが、ふとエドメのほうを振り向くと、いかにも感じやすい人のように、でなければ、ずる賢そうに、言ったのだ。

「な、心ってもんがちゃんとあるだろ？　このぼくにもさ」

＊＊＊

「そこでなにしてるんだ？」

シェリは押し殺したような声で訊いたが、エドメはまるでじかに肩でも押されたように、びくっと前へ傾いた。大きく引き出しが開けられた机の前に立って、彼女は散らばった書類の上に両手をついている。

「片づけてるの……」エドメはくぐもった声で答えて、片手を上げた。だが急に痺《しび》れでもしたかのように、その手が宙で止まった。そして彼女は、観念したように話しだした。

「フレッド、あのね……引っ越すときに持っていく荷物のことを考えると嫌になるって、あなた言ってたでしょ。この部屋の物とか、家具とか……。それならわたしが整理して片づけてあげようって思ったの。でも、ふと出来心で……誘惑に駆られたっていうか、いけない考えが――いけない考えが……。ごめんなさい、ほんとうに。わたしのではない物に触ってしまったわ」

彼女は震えながらも、覚悟を決めて待っていた。彼はうつむき、拳《こぶし》を握って、今にも殴りかかりそうにしているのに、実際には妻のことを見ていないようだ。その目があまりにどんよりして霞でもかかっているみたいだったので、エドメは後にこのときの言い合いを思い出すたびに、生気を失った男の目が浮かんでくるようになった……。

「ああ！　そうか」ようやく彼が口を開いた。「きみは……きみは、ラブレターを探してたんだ」

彼女は否定しなかった。

「ぼくのラブレターを探してたんだ！」

彼は笑いだした。ぎこちなく、引きつったように。エドメは傷つき、赤くなった。

「馬鹿だって思ってるのね、わたしのこと。うかつなしまい方をしたり、焼かずに取っておいたりするような人じゃないものね、あなたは。それに、そもそもわたしには関係のないことよね。怒られて当然です。でも根に持ったりはしないでね、フレッド？」

彼女は少し努力してそう頼み、唇をすぼめ、ふわふわした前髪に額が覆われるようにして、上目遣いのかわいい表情を作ろうとした。

だが、シェリの態度は変わらなかった。それどころか、色むらのない彼の肌は冬の白バラのように透き通り、卵形のはずの頰にげっそり影ができていることに、彼女はこのとき初めて気がついた。

「ラブレターか……」彼は繰り返した。「こりゃいいや」

そして一歩前に出ると、書類をわしづかみにして一枚一枚に目をやった。何枚もの絵はがきにレストランの勘定書、出入りの店からの連絡、ゆきずりの女の子たちからの電報、食事をたかりに来る悪友たちからの三行とか五行の速達——細長い何枚もの便箋に鋭い筆跡が刻まれた、マダム・プルーからの手紙……。

シェリは妻のほうを向いた。

「ラブレターなんてないよ」

「えっ！」抗議するように、彼女は言った。「だって、どうして、あなたみたいな人が……」

「もらわなかったんだ」かぶせるように彼が言った。「きみにはわからないだろうけど。ぼくも初めて気がついた。ラブレターなんてもらえない。それは……」

そこで彼は口をつぐんだ。

「いや、待てよ。たしか一度、そうだ、ぼくがラ・ブルブール[42]には行きたくないって言ったとき、えーっと……」

彼は片っ端から引き出しを開け、中身を手当たりしだいに絨毯へ投げ散らかした。

「ちぇっ！　どこへやったんだ？　いちばん上の左側に入れておいたはずだけど……

ないな……」

空になった引き出しを、今度はつぎつぎ乱暴に閉めると、彼はエドメを睨むように見つめた。

「きみ、知らない？　盗ってない？　書き出しがこんな手紙──『いいえ、わたしはさびしくなんかないわ。むしろ月に一週間は離れているほうがいいんじゃないかしら』それから、なんだっけ、スイカズラの蔓《つる》が窓辺まで上ってきたとかなんとか……」

そこで黙り込んだのは、記憶がそれ以上戻ってこなかったからで、シェリはじれったそうな身ぶりをした。その前で、エドメは細い体をこわばらせていたが、気持ちは折れていなかった。

「まさか。わたしはなんにも盗ったりしてない」いらだたしげに、冷たく彼女は強調した。

42　オーヴェルニュ地方の町。豊富な温泉が湧き出ることで知られ、フランス屈指の温泉医療施設がある。

「いったい、いつからわたしが物を盗ったりする女になったって言うの？　そんなに大事な手紙なのに、どうしてそこらにほっといたの？　それがレアからかどうか、訊くまでもないわね！」

彼はぴくりと身震いしたが、それはエドメが期待したようにではなかった。内に向かって閉ざされた彼の美しい顔には、かすかに微笑がよぎり、小首を傾《かし》げたまま、目には注意深い光が、口にはリラックスした魅力的なカーブが現れたのだ。今、耳にした名前の響きを味わっているにちがいない……。

愛に囚《とら》われ、抑えのきかなくなったエドメの若い力は爆発し、叫びと涙になってあふれ出た。と同時に両手がよじられたり、爪を立てようとしたりし始める。

「出ていって！　大きらい！　あなた、わたしを愛したことなんてないのよ！　わたしなんかいなくてもいいんだわ！　わたしのこと傷つけて、馬鹿にして、失礼よ、あなたは……あなたは、あの中年女のことしか考えてないじゃない！　好みが変よ、病んでる……。それに……それに、わたしのこと愛してないわ！　どうして、どうしてわたしと結婚なんかしたのよ？　あなたって、あなたって……」

そして、首をつかまれた動物のように頭を振り、むせびながら、息を吸おうと顔を仰向けにした。ふと首元に光が当たって、粒の揃った小さな乳白色の真珠が輝いた。シェリは、波打つようなその首のかわいい乱れ方や、よじられた手による訴えや、なによりあふれ出る涙を呆然と見つめていた……。後から後から流れ落ちる涙など、見たこともなかった。いったい誰が、彼の前で、彼のために泣いたりしただろう？誰も……いや、マダム・プルーは？

〈ちがう〉とシェリは思った。〈マダム・プルーの涙なんて、涙のうちに入らない……〉。レアは？……いいや。深く秘めた思い出を探っても、青く誠実な瞳が濡れたように光るのは、快楽からか、茶目っ気からか、ちょっぴりからかうような愛情からでしかなかった……。

それに引きかえ、いま目の前でもがいているこの若い女は、なんとおびただしい涙を流していることだろう！滂沱《ぼうだ》として流れるこのような涙は、どうしたらいいのだろう？

彼にはわからなかった。わからなかったが、腕を広げた。エドメは一瞬怯えて後ずさりしたが、その頭に彼は、香水の吹きかけてあるきれいな手をやさしくのせた。そしてそのまま、くしゃくしゃの頭を撫《な》でてやった。こういうときに何より効くと、身をもって知っている言葉や声の調子をなぞろうとしながら。

「よしよし……どうしたの。どうしたっていうの。ほら……」

エドメは不意に力が抜け、椅子の上にくずおれると、体を丸めて泣きじゃくりだした。

それはあまりに一心で激しい泣き方だったので、まるでけたたましく笑っているか、喜びで引きつっているかのように見えたほどだ。優美な体は丸められたまま、胸の痛みと、嫉妬に駆られた愛と怒りと、隷属したいという無意識の感情から弾《はず》むように震えていたが、そうしながらも彼女は、ちょうど闘いのさなかの格闘家か波間に揺られる泳ぎ手のように、苦しいけれど自然で、これまで知らなかった新しい世界に浸《つ》かっていくのを、感じていたのである。

＊＊＊

エドメは長いあいだ泣いていた。だが大きく身を震わせたり引きつったような嗚咽《おえつ》を漏らしたりするのも少しずつおさまっていき、やがてゆっくりと落ち着きを取り戻した。シェリはそばにすわってずっと髪を撫でてやっていたが、焼けつきそうに高ぶっていた感情もすでに冷めて、退屈だった。ありきたりなソファに斜めに倒れ込んでいるエドメに目をやると、ドレスはまくれ上がり、ストールはほどけ、投げ出された体で部屋がさらに乱雑に見えて嫌気がさす。

思わずごく小さくため息をついたが、エドメはそれを聞きつけ、身を起こした。

「そうね」彼女は口を開いた。「いらいらさせちゃったわね……。ああ！　いっそのこと……」

またも波のように言葉が押し寄せてきてはたまらないと、シェリはさえぎった。

「そうじゃない、でもきみがどうしてほしいのか、わからないんだよ」

「え？　わたしがどうしてほしいのか……。わたしが……」

エドメは、泣きすぎて風邪をひいたようになった顔を上げた。

「いいか、よく聞けよ」

シェリがエドメの両手を取った。だがエドメは振り払おうとした。

「いやよ、もうわかってる！　またおかしな理屈を並べるんでしょ。そういう声でそういう顔をするとき、あなたは自分の目の形が魚のヒメジに似てるとか、唇は数字の3を横にしたようだとか言うのよ。そんなのもういや、聞きたくない！」

子どもみたいな反抗の仕方に、シェリの緊張は少し解けた。お互いまだほんとうに子どもなのだ――そう感じて彼は、離さずにいたエドメの熱い両手を揺さぶった。

「いいから聞けよ！　まったく、なんでそんなにぼくを責めるのか教えてくれ。ぼくがきみを連れずに、夜、出かけることがあるか？　ないよな！　昼間、きみをよくひとりにするか？　誰かとこそこそ手紙のやり取りをしてるか？」

「さあ。してないと思うけど……」

彼はエドメの体をこちらへ、またあちらへと、人形のように動かした。

「きみと寝室を別にしてるか？　愛し合うのが足りないか？」

エドメはちょっとためらい、かすかに疑いの色を浮かべてほほえんだ。

「あなたは、あれを愛って言うのね、フレッド……」

「ほかにも言い方はいろいろあるけど、きみが気に入らないだろうから」

「あなたが愛って呼ぶもの……それは単に、なにか……アリバイ作りみたいなものなんじゃない？」

そしてあわてて言い足した。

「一般論を言ったのよ、フレッド、ね……『みたいなもの』になる場合も、あるんじゃないかって」

シェリはエドメの両手を放した。

「今のは」冷ややかに彼は言った。「失言だな」

「どうして？」エドメは消え入りそうな声で訊いた。

シェリはそこから何歩か離れながら、顎を上げて口笛を吹いた。それから戻ってくると、彼女を見知らぬ人のようにしげしげと見つめた。猛獣は、跳びかからずとも相手を怖《お》じ気《け》づかせる——彼の鼻孔がふくらみ、鼻の頭が蒼白になっているのを、エドメは見た。

「ふう！」妻を見据えたまま、彼は息をついた。そして肩をすくめると、くるりと向きを変えた。そしてそのまま部屋の端まで行ったが、また引き返してきた。

「ふう！」もう一度、息をつく。「よく言うよ」

「え？」

「よく言うよ。しかも何だ？　何様のつもりだよ、おい」

エドメは、かっとして立ち上がった。

「フレッド」彼女は叫んでいた。「二度とそんな言い方しないで！　わたしのこと何だと思ってるの？」

「だから今、失言するような女だって、申し上げませんでしたかね？」

そして人差し指で、彼女の肩を強く押した。彼女にはそれが、まるで濃い痣《あざ》が残りそうなほどの痛みに思われた。

「バカロレアに受かったきみなら、どこかにこんな言葉……こんな言い方があるのはご存知だろうに――『ナイフに触れるな』、いや『短刀に』か、そんなようなの」

「『斧に』[43]」機械的に彼女は答えた。

「そう、それ。だから、いいか、斧に触れてはいけないんだ。つまり、男を傷つけてはいけない。男が女に愛の証しを捧げたならばだ、はっきり言うと。きみは、ぼくがきみに捧げたものを傷つけた……。ぼくが捧げた愛の証しを傷つけた」

「なにその……その高級娼婦《ココット》みたいな言い方！」エドメは口ごもった。

そしてひとりで赤くなると、急にそれまでの勢いも冷静さも失った。蒼白なままでいる彼が――すっきり伸びた首筋にも、まっすぐな脚にも、ほどよく力の抜けている肩や腕にも、こちらの知らないことを秘めたまま優越感を保っている彼が、憎かった……。

硬い人差し指が、ふたたびエドメの肩を突いた。

「それはそれは。じゃあ、ちょっとびっくりさせてあげましょうか――売春婦みたいな考え方をしてるのは、むしろあなたのほうです。女の評価にかけては、プルーの息子の目はごまかせませんからねえ。ぼくは『ココット』には詳しい、あなたもおっしゃったとおり。多少なりとも知ってるわけです。『ココット』というのは、ふつう自分が与えるより多くを受け取ろうと考える女のことですよ。わかります？」

エドメが特によくわかったのは、彼が自分をよそよそしく「あなた」としか呼ばなくなっていることだった。

「十九歳で肌が白くて、髪はバニラの匂い、ベッドでは目を閉じっぱなしで腕もだらりとさせてるだけ――それもたいへんけっこうですが、だからと言ってそんなに貴重なもんですかね？　貴重だと思ってるんですか、あなたは？」

43　バルザック『ランジェ公爵夫人』に出てくる表現。

ひとことずつに、エドメはびくっとし、その刺されるような痛みが高じて、男との果たし合いも辞さない覚悟を固めていった。女から仕掛ける、男との決闘だ。

「貴重だってこともあり得るでしょ」しっかりした声で、エドメは応じた。「そんなこと、どうしてあなたにわかるのよ？」

彼が答えないので、エドメはここで優位に立とうとたたみかけた。

「わたしだってね」とエドメ。「イタリアではあなたよりずっとすてきな男の人たちを見かけたわ。どこにだっていたじゃない。わたしが十九歳なのは、ほかの十九歳の子たちと同じ価値でしかないかもしれないけど、それならかっこいい男の子も、ほかのかっこいい男の子と同じ価値でしかないでしょ。ほら、ほら、それで全部うまくいくものなのに……これじゃ結婚なんて、なんの意味もない。こんな馬鹿みたいなことで喧嘩するぐらいなら……」

彼はほとんど哀れむように頭を振って、エドメを制止した。

「ああ！　ほんとにもう……そんなに簡単な話じゃないだろ……」

「どうして？　すぐに離婚する人たちだっているわ、それなりの犠牲を払って」

その口調は、まるで寄宿舎を脱走してきた女子生徒のように断定的で、痛々しかった。額の上に掻き上げられた豊かな髪や、丸くやさしい頬の線とのコントラストで、知的で不安げな目がいっそう暗く際立っている。それは不幸な女の目であり、まだどこかぼんやりと未完成な顔立ちのなかで、そこだけ決定的に完成されていた。

「そんなことしたって、なんにもならない」シェリは言った。

「それはどうして？」

「それは……」

先にいくほど細い翼のような眉を、額ごと下に向け、彼は目を閉じた。それから苦い杯でもあおったかのように、ふたたび目を開けた。

「それは、きみがぼくを愛してるからだ……」

親しい話し方が戻ってきたことだけを、エドメは受け止めた。とりわけその声、よく響くけれど抑え気味で、最も幸せなひとときを思い起こさせてくれる声を。

彼女は心の底で、うなずいた。

〈そう、わたしはこの人を愛してる。今のところ、どうしようもない……〉

そのとき、庭で夕食を知らせる鐘が鳴った。ここにマダム・プルーが住むようになる前からあった小さな鐘で、田舎の孤児院のように、澄んだ悲しげな音をたてる。エドメは身震いした。

「ああ！　あの鐘、きらいよ……」

「そう？」シェリはうわのそらで言った。

「わたしたちの家では鐘なんか鳴らさないで、『お食事です』とか『できました』とか、言葉で知らせるようにしましょうね。わたしたちの家ではあんな下宿屋みたいなことはやめましょうね。あと、わたしたちの家では……」

病院みたいな緑色の廊下を歩きながら、エドメは振り返りもせず、しゃべり続けた。後ろから来るシェリが、彼女の言葉をふと聞きとがめて乱暴な身ぶりをしたのにも、黙って薄笑いを浮かべたのにも、気がつかないまま。

＊＊＊

湿り気を帯びた気まぐれな風、小さな庭や公園の土がいっそう香り立たせるかぐわしい匂い――そうしたものに包まれたときだけ味わえるかすかな春の気配で、彼は足取りも軽く歩いていた。

ときおり通りすがりのショーウインドーに姿が映ると、今日はよく似合うフェルト帽を右に傾けて目深《まぶか》にかぶり、ゆったりした軽いコートを着て、淡い色の厚い手袋にテラコッタ色のネクタイを締めてきたのを思い出す。すれちがう女たちは、目で彼を追っては無言の称賛を送るのだが、ぼうっとなったのを隠すことも偽ることもできない純朴な娘たちもいる。だがシェリのほうは、けっして女たちを見ない。

彼はアンリ゠マルタン通りで新築中の邸宅に行き、施工主として決然と、業者たちにあれこれ矛盾だらけの指示を出してきたところだ。

やがて大通りのはずれあたりまで来ると、彼は、ブーローニュの森から重く湿った西風に乗って流れてくる緑の匂いを、深く吸った。それからポルト・ドーフィーヌのほうへ足を速め、何分か後、ビュジョー大通りに入ったところで足を止めた。半年ぶりのなつかしい道である。彼はコートの前を開けた。

「速く歩きすぎたな」

そうつぶやいて、ふたたび歩きだし、それからまた足を止め、今度は一点を見つめた。

五十メートルほど先に、帽子もかぶらずセーム革を手にした門番のエルネストが——レアの門番が、邸宅の前で、鉄柵の門を華やがせている銅の飾り金具を磨いている。

シェリは歩きながら歌を口ずさみ始めたが、自分の声にはっとして、これまで歌を口ずさんだことなど一度もないのだと気がつき、やめた。

「やあ、エルネスト、相変わらずよく働くね」

門番は、控えめなまま顔を輝かせた。

「これはこれは、ムッシュー・プルー！ お目にかかれてうれしゅうございます。お変わりになりませんねえ」

「きみもだよ、エルネスト。マダムは元気？」

閉ざされた二階の鎧《よろい》戸《ど》を気にかけ、体を斜めにしながら、彼は訊いた。

「そう思いますが、なにしろ絵はがきが二、三枚来ただけで」

「どこから？ ビアリッツ[44]？」

「……ではなかったような」

「どこにいるの、マダムは？」

「申し上げにくいことでして。マダム宛ての郵便物は——いえ、取るに足りないようなものばかりですが――マダムの公証人のところへ転送しております」

シェリは甘えるような表情でエルネストを見つめながら、財布を取り出した。

「それはいけません、ムッシュー・プルー、私との間でお金など。どうかおしまいください。だいいち、いくらいただいても、何も知らない者がお話しすることはできませんので。なんならマダムの公証人の住所をお教えしましょうか？」

「いや、いいよ、ほんとうに。で、帰ってくるのはいつ？」

エルネストは両手を広げてみせた。

「それがまた、私にはお答えしかねるご質問でして。明日かもしれないですし、ひと月後かもしれません……。それでこうして門の手入れもしているというわけです。まったくマダムときたら。おちおち休んでもいられません。もし『ほら、あそこ、いま大通りの角を曲がって帰ってくるぞ』とおっしゃっても少しも驚きませんよ、私は」

44 フランス南西部ビスケー湾に面した高級リゾート地。十九世紀にイギリスやスペインの国王、ロシアの貴族なども訪れるようになった。

シェリは振り返って、大通りの角を見やった。

「ほかにご用は？　お散歩の途中でいらっしゃいましたか？　今日はいいお天気でございますね……」

「いや、ありがとう、エルネスト。それじゃ」

「ごめんくださいませ、ムッシュー・プルー」

シェリはステッキをくるくる回しながら、ヴィクトル・ユゴー広場まで歩いていったが、後ろからじっと見られていると意識過剰に陥る人みたいに、二度もつまずいて転びそうになった。地下鉄《メトロ》の入り口まで来ると、階段の手すりに肘をついて、バラ色がかった黒に見える地下の暗がりのほうへ体を曲げた。すると急に、ひどい疲労感に襲われたのだ。

ようやく体を起こしたときには、広場のガス灯に明かりがともり、何もかもが夜の濃い青に染まり始めていた。

〈いや、まさか……。でも、なんだかおれは具合が悪い！〉

陰鬱な夢想の底まで沈んでしまった彼は、なんとか気力を取り戻そうとした。やがてとうとう、そのために必要な言葉の数々が浮かんできた。

〈さあさあ、くそっ……プルーの息子さん、どうしちまったんですか？　もう帰る時間だってことがわからないんですか？〉

帰るという言葉で、この一時間というもの、すっかり消えていた光景がよみがえってきた。

四角い寝室、シェリの子ども時代からのあの大きな寝室、窓のそばには若妻が心配そうに立ち、シャルロット・プルーは食前酒のマティーニでなにやらご機嫌になっていて……。

「ああ、いやだ！」彼は声に出して言った。「いやだ……。あんなのはもう、ごめんだ」

ステッキを高く振り上げると、タクシーが止まった。

「レストラン……えー、レストラン『ドラゴン・ブルー』へ」

＊＊＊

ヴァイオリンの音色が流れるなか、強烈な照明を浴びながら、シェリはグリル料理のダイニングを横切っていった。そして、照明を浴びるほどに活力も戻ってくるように感じた。給仕長が彼に気がつき、ふたりは握手した。すると目の前で、今度は背の高い細身の青年が立ち上がったのだ。シェリはなつかしそうに、思わずため息を漏らした。

「ああ、デスモン！　会いたかったんだ、すごく！　こんなところで……！」

ふたりがすわったテーブルは、淡いピンクのカーネーションで飾られていた。隣のテーブルからシェリのほうに、帽子の大きな羽根飾りと小さな手が振られている。

「ラ・ルピオット[45]だよ」デスモン子爵が教えた。

シェリは彼女に覚えがなかったが、大きな羽根飾りに向かってほほえみ、すわったまま、店の宣伝用の扇子《せんす》[46]の端で小さな手に触れた。それからまた別のテーブルの見知らぬカップルを、尊大な征服者の態度でじっと見た。女性のほうが、さほど離れていない席にシェリがすわってからというもの、食べることをすっかり忘れてしまっていたからだ。

「寝取られ男《コキュ》って顔だよ。な？　あいつ」

友人の耳元でささやくと、シェリの目は愉快そうに、涙が溢《あふ》れるときのように輝いた。

「何を飲んでる、結婚してからは？」デスモンが訊いた。「ハーブティーか？　カモミールだろ」

「ポメリーだね」とシェリ。「シャンパンだよ」

「じゃあポメリーの前は？」

「ポメリーだよ、前も後も！」

ヴィンテージ・シャンパンから立ち上る繊細な泡とバラの香りが脳裏に浮かんで、シェリは思わず鼻孔を開いた。レアが彼だけのために開ける、一八九八年のヴィンテージ……。

その晩のディナーには、帽子のデザイナーとして成功し始めた自由な女性[47]が好むよ

45　あだ名で呼ばれている。la Loupiote は小型ランプという意味。
46　十九世紀にフランスでさかんに作られたもので、店名が扇に印刷されており、ホテルやレストランなどで客に配られたり土産物として売られたりした。
47　一九〇九年にパリで帽子のアトリエを開き、成功への階段を駆け上っていったココ・シャネルを彷彿させる。

うな料理をたのんだ。ポートワインソースの魚の冷製、野鳥のロースト、酸っぱくて赤いアイスクリームが中から出てくる熱々のスフレ……。

「ハーイ」ラ・ルピオットがシェリに、ピンクのカーネーションを一本振りながら呼びかける。

「ハーイ」シェリはグラスを掲げて答える。

壁に飾られた英国風時計が、八時の鐘を鳴らした。

「おっと、まずいな」シェリがつぶやく。「デスモン、電話をかけに行ってくれないか」

シェリの私生活について新たなことがわかりそうで、デスモンの薄い色の目が輝いた。

「ワグラム一七・〇八にかけて、おれといっしょに食事してるって言ってくれ。母親が出るから」

「でも、もし若いほうのマダム・プルーが出たら?」

「同じことを言えばいい。おれは自由だ、そうだろ。あいつもそう教育してある」

シェリは、こんなディナーには飽き飽きしている泰然とした男に見られようと、非常に気を配りながらも、おおいに飲み、食べた。そしてどこかで笑いがはじけたり、グラスの割れる音がしたり、安っぽいワルツが流れてきたりするだけで、気分が高揚するのを感じていた。部屋の壁は濃い青の板張りだが、まぶしいほどつややかで、思わずリヴィエラの海と太陽を思い出す。正午、太陽は溶けて金属板のように広がり、その強烈な輝きに包まれて、あまりに青い海は黒く光って見えた。

やがて彼は、抜きん出た美男ならではのいつものそっけなさを忘れ、玄人の目で、正面の黒髪の女性を品定めし始めた。女性は全身を震わせた。

「で、レアは？」とつぜんデスモンが訊いた。

シェリはピクリともしなかった。ちょうどレアのことを考えていたのだ。

「レア？　南仏にいるよ」

「終わったの？　彼女とは」

シェリはベストの袖ぐりに、片方の親指を引っかけた。

「いやあ！　そりゃな、もちろん。すごくきれいに別れたさ、いい友だちとして。一生続けられるわけじゃないし。それにしても、なんと魅力のある知的な女だったことか……。いや、きみは彼女を知ってたな！　心が広くて、ものの見方も深くて……。

なかなかいないよ、ああいうひとは。きみだから言うけど、もし年齢《とし》のことがなかったら……いや、現実にはその問題があって、だから……」

「そうだな」デスモンがさえぎった。

薄い色の目をしたこの青年は、女に養われる身のきつさ、大変さをよく知っていたので、好奇心からつい質問して軽率だったと自分を責めた。だがシェリは、慎重にしながらも陶然として、レアの話をやめなかった。

分別あることも、あれこれ言った。夫婦としての良識にかなうようなことを。結婚がどんなにいいものかと言い立てもした。だがその一方で、レアがどんなにすばらしいか、改めて認めずにいられなかった。若妻の従順なやさしさをうれしそうに話したあとで、レアの毅然とした性格を語った。

「ああ、あの女！　あの女には、自分の考えってものがあったね。あのひとには！」

打ち明け話は進んで、レアについてきびしく無礼に思えることまで、彼は話し続けた。きびしい目にもあった愛人《アマン》としては、今もどこかに猜疑心がくすぶっていて、つい愚かなことまで言ってしまう。だがそれを隠れ蓑に、彼は安心して彼女のことを話せるという、ほのかな幸福を味わっていた。

そのうち、口ではあやうく彼女を中傷しそうにまでなったが、心のなかではその思い出を讃えていた――この半年のあいだ、口にできなかったシンプルで心地よい名前、情け深い彼女のあらゆる姿。こちらに身をかがめるレア、もう元には戻らない深い皺が二、三本刻まれていて、美しくて……。もう失ってしまったレア、だが――それがどうした！――今もこんなに生々《なまなま》しく身近に感じられるではないか……。

十一時ごろ、レストランにはほぼ誰もいなくなり、急に寒々しくなって、ふたりは立ち上がった。だが隣のテーブルでは、ラ・ルピオットがまだ熱心に手紙を書いており、速達用紙をもっと持ってきてと店の者にたのんでいる。ふたりが通りかかると、彼女はブロンドの羊みたいなあどけない顔を上げた。

「あら、『おやすみ』も言ってくれないの？」

「おやすみ」シェリが応じてやった。

ラ・ルピオットは女友だちに証言するみたいな話し方で、シェリを褒め讃えた。

「ねえ、知ってる？　この男《ひと》ったらすごくお金持ちなのよ！　何もかも持ってる男って、ほんとにいるのね」

だがシェリは、シガレットケースを開けて差し出しただけだったので、彼女は急につんとした。

「何もかもって言っても、ご馳走の仕方は知らないのね。もうお母さんが待ってるおうちに帰りなさい、バイバイ！」

「ちょっと」通りに出ると、シェリがデスモンに言った。「ちょっとたのみがあるんだけど、デスモン……。いや、この道を抜けてからにしよう」

夜になっても外気は湿り気を帯びて暖かく、通りにはまだ人影がいくつもある。だがそのコーマルタン通りを過ぎて大通りに入ると、劇場がまだ終わっていないようで、観客たちも出てきておらず、ひっそりしていた。シェリは友の腕を取った。

「なあ、デスモン……もう一度電話をかけに行ってほしいんだけど」

デスモンは足を止めた。

「また？」

「番号は、ワグラム……」

「一七・〇八だろ」

「さすが、恩に着るぜ。で、きみの家で具合が悪くなったって言ってほしいんだ……。きみの家、どこだっけ？」

「ホテル・モリス」

「すばらしい……。で、こう続けて——ぼくが帰るのは明日の朝になる。きみは今ぼくにミントティーを淹《い》れてくれてる……。さあ、たのむ。あ、この金は電話番のボーイにやるか、きみが取っておくかしてくれ……。早く戻ってきてくれよな。『ヴェベール』のテラスで待ってるから」

長身の青年は横柄だが世話好きで、何枚もの紙幣をポケットに突っ込むと、何も言わずにその場を後にした。そしてしばらく後、テラスに戻ってくると、シェリは口もつけていないオレンジエードを前にして、まるでこれからの運勢を占うみたいにグラスのなかを見つめていた。

「デスモン！……誰が電話に出た？」

「女」言葉少なに使者は答えた。

「どっちの？」

「さあ」

「何て言った？」

「わかりましたって」

「どんな感じで？」

「いま言ったとおりの感じで」

「ああ！　そうか、ありがとう」

〈エドメだな〉シェリは思った。

それからふたりはコンコルド広場のほうへ歩いていったが、シェリはずっとデスモンの腕を取っていた。ひどく疲れているとは打ち明けられずに。

「この後、どこに行きたい？」デスモンが訊いた。

「うん、それなら」シェリはありがたく思って息をついた。「モリスに。今すぐ。なんだかもうクタクタで」

さすがのデスモンも顔色を変えた。

「え、ほんとに？　モリスに行くの？　何したいんだよ？　冗談だろ？　まさか……」

「眠る」シェリは答えると、今にも倒れそうに両目をつぶり、それからまた開けた。

「ただただ眠る。な？」

そして友の腕をぎゅっと締めつけた。

「わかった。行こう」デスモンが答えた。

それから十分ほどで、ふたりはホテル・モリスに着いた。空色とアイボリーの寝室や、華やかで重厚感のある帝政様式《アンピール》風の小さな居間が、まるでなつかしい友人たちのようにシェリにほほえみかけた。

彼は風呂に入り、デスモンから借りた少し窮屈な絹の寝間着に着替えて横になった。そしてふんわりした大きな枕ふたつの間に頭を埋めると、夢も見ない幸福のなかへ、あらゆるものから守られた真っ暗な深い眠りへ、落ちていった……。

＊＊＊

隠遁《いんとん》にも似た日々が過ぎていくのを、彼は数えていた。

〈十六日……。十七日……。ぴったり三週間になったら、ヌイイへ帰ろう〉

だが帰らなかった。この状況が何をもたらすのか冷静に考えながらも、修復する気力がもうなかったのだ。夜更け、あるいは朝方などには、あと何時間かでこの無気力から立ち上がるのだと明るい気分になることもあった。

〈もう気力がないって？　いや、これは失礼……まだないだけですね。きっと気力は

戻ってくる。で、正午ちょうどには――賭けてもいい、アンケルマン大通りで食卓についてるんだ。一、二……〉

だが正午ちょうどには、まだ風呂に入っていたり、デスモンを隣に乗せて車を走らせていたりする。

それが夕食のころになると、まるで決まった時間に熱が上がる病気の発作のように、結婚生活についてまた楽観的になってくる。独身のデスモンを前に食卓についても、そこにエドメが現れるような気がして、若妻が自分に向ける信じられないほどの敬意を静かに思い出す。

「もう、いい子ったらないんだよ、あの子は！　あんなにかわいい子、そうはいないよな。言い返さない、文句を言わない！　帰ったらけっこうなブレスレットでもくれてやるか……うん！　長年の教育だろう。娘を育てることにかけては、マリー゠ロールの右に出る者はいないね！」

ところがある日、モリスのグリル・ルームで一瞬エドメかと思うような、チンチラの毛皮の襟がついたグリーンのドレスの女性が現れると、シェリの顔は、卑屈な恐怖の色に塗り込められていったのだ。

デスモンのほうはシェリとの生活を満喫しており、そのため少し太ってもきた。彼が急に横柄な態度になるのは、「悪徳で汚れきってるすごいイギリス女」とか「アヘンの館にいるインドの王子」のところに行こうとシェリを誘って、きっぱりはねつけられたり、行くにしてもあからさまに軽蔑を表されたりするときだけだ。デスモンはもうシェリのことがまったくわからなかったが、とにかく何でも支払ってくれて、一緒に遊び歩いた十代後半のころより気前がいいほどなのだ。

ある晩、ふたりはあの金髪のラ・ルピオットにまた会った。彼女の友だちの家でのことだったが、その友だちの名前というのがあまりぱっとせず、みんないつも忘れてしまう。

「ほら、あの……ラ・ルピオットの友だちで……」という具合だ。

友《ラ・コピンヌ》だちはドラッグをやっている最中で、まわりにも勧めていた。おかげでそのみすぼらしい中二階の玄関からすでに、栓がきちんと閉まっていないガスや冷えた麻薬の匂いがしていたが、彼女は涙を誘われるような真心《まごころ》を示しながら、たえず悲しみを掻き立てるというやり口で人を虜《とりこ》にしており、まったく罪深かった。そしてデスモンは「絶望している大きな子ども」、シェリは「すべてを手にしながら、そのためいっそう不幸な美男子」として扱われたのだ。

しかしシェリは薬に手を出そうとせず、下剤をかけられそうになっている便秘の猫のような様子で、嫌悪感たっぷりにコカインの箱を見た。そして壁ぎわのクッションにもたれたまま、眠り込んだデスモンと吸い続けるラ・コピンヌの間で、ほぼひと晩じゅう茣蓙《ござ》の上にすわっていた。ほぼひと晩じゅう、おとなしく、とはいえ警戒心をゆるめずに、空腹も喉の渇きも満たしていく匂いを嗅ぎながら、この上なく幸福そうだった。衰えを見せ始めているラ・コピンヌの首――ざらついて赤らんだ肌に紛《まが》い物の真珠のネックレスが光っている首を、何度も物問いたげに、つらそうに、じっと見つめていた以外は。

やがて、ふとシェリは手を伸ばし、ヘナ[48]で染めたラ・コピンヌの髪がうなじにかかっているのを指先で撫で、大粒の真珠の連なりをそっと指に乗せてみた。中が空洞の模造真珠は軽かった。シェリは、はっと手を引いた。すり切れた絹地に爪を引っかけでもしたように、神経質に震えながら。

そしてほどなく立ち上がると、そのまま出ていった。

＊＊＊

「いいかげん飽きないのか？」デスモンがシェリに訊く。「食べたり飲んだりばっかりで、店から店へ、女を買うわけでもないし、このホテルときたら、よそのドアの音がうるさいし。夜、食べに出かけて、それからきみの六十馬力《シュヴォー》の車でパリからルーアンだのコンピエーニュだの、ヴィル＝ダヴレーだの、近場ばかり回ってさ……。リヴィエラはどうかな！　むこうは十二月でも一月でもない、すてきな季節だ。三月とか四月みたいな……」

「いや」とシェリ。

「『いや』って？」

「だから、このまんま」

シェリは表面だけ態度をやわらげると、かつてレアが「素人《アマチュア》のしたり顔」と名づけた表情になった。

48　ヘンナとも。ミソハギ科の植物。染料となる。

「ねえきみ……この季節のパリの美しさがわかってないだろ……。この、このためらってるみたいな空気、まだ晴れやかになりきれない春の風情、やわらかな光……。それに比べたら、リヴィエラなんて陳腐だよ。いや、ぼくはここがいい」

デスモンは、お供《とも》としての忍耐力を失いかけていた。

「そうか、そうすると次は、たぶんプルーの子息の離婚だな……」

シェリの敏感な鼻孔のあたりが、白くなった。

「きみ、弁護士と組んでるんなら、すぐにがっかりさせてやれ。プルーの子息の離婚はないって」

「そんな！」デスモンは、さも傷ついたように声を上げた。「子どものころからの友情に対して、おかしな応え方をするな、きみは。いつだって……」

シェリは聞いていなかった。痩せて尖った顎と守銭奴のようにすぼめた口を、ただデスモンのほうに向けている。生まれて初めて、自分の資産を他人が意のままにするような言い方を聞かされたと感じたのだ。

彼は考えた。プルーの子息の離婚？　それは昼も夜も幾度となく考えていたことで、自由や少年時代を取り戻すこと、もしかしたらもっとすばらしいことにつながっていくと思っていた……。だが、わざと鼻にかかったような声を出したデスモンのひとことが、シェリの脳裏にもっと現実的なイメージをもたらしたのだ。ヌイイの家を出ていくエドメ、ドライブ用の小さな帽子と長いヴェールをかぶって決然と、見知らぬ男が住む見知らぬ家に向かっていく――。

〈それで万事解決じゃないか〉自由奔放に生きる男《ボヘミアン》、シェリは心のなかでうなずく。しかし同時に、妙に小心者のもうひとりのシェリが抗う。

〈だめだ、そんなことをしちゃ！〉イメージはいっそうくっきりして、色と動きが加わりだす。鉄柵の門の、重々しくも響きのいい音まで聞こえてくる。門のむこうには、むき出しの手に光るグレー・パールと、透明な輝きのダイヤモンド……。

〈さようなら〉小さな手がそう告げている。

シェリは、椅子を押しやって立ち上がった。

〈全部ぼくのものだ！　あの女も、家も、指輪も、全部！〉

声には出さなかったが、とげとげしい表情がそのまま顔に表れたため、デスモンは、シェリと一緒の贅沢三昧もこれで終わるのだと思った。シェリはその様子に哀れむような素振りを見せたが、気持ちは荒れたままだった。

「おいおい、なにビクビクしてるんだ？　ああ！　由緒ある帯剣貴族[49]の出のきみが！　来いよ、おれのシャツみたいな上等のカルソンパンツと、きみのカルソンパンツみたいないいシャツも買ってやるから。今日は十七日だっけ、デスモン？」

「そうだけど？」

「三月十七日か。もう春だ。デスモン、おしゃれな人間、それもほんとうに粋な人間って、女でも男でも、季節を少し先取りした装いをせずにいられないもんだよな？」

「うん、たぶん……」

「十七日だ、デスモン！　来いよ、きっと全部うまくいく。妻にはぶっといブレスレット、マーム・プルーにはでっかいシガレットホルダー、きみにはちっこいタイピンを買ってやろう！」

＊＊＊

レアはもうじき帰ってくる。いや、もう帰ってきたかもしれない。二階の鎧《よろい》戸《ど》がとうとう開き、窓の下半分に掛かった小さなカーテンのバラの花の色や、そのむこうの大きなカーテンを飾るレースのアップリケの繊細な網目、鏡の縁取りの金までが、窓からちらちら見え隠れして……。二度も三度も、まるで稲光が走るように、シェリはそんな予感に撃たれていた。

だが四月十五日が過ぎても、レアは戻らなかった。

どんよりと陰鬱に流れるシェリの日々に、いらだちを募らせる出来事が刻まれた。まずマダム・プルーが訪ねてきた。そして、グレイハウンド犬のようにいっそう無駄肉が落ち、口を閉じて目だけぎょろぎょろさせるシェリを前にして、彼女は息が止まりそうなほど驚いた。

つづいて、エドメから手紙がきた。意外にも非常に淡々とした調子で、「新たなご指示があるまで」これからもヌイイで暮らすと書いてあり、「ラ・ベルシュ男爵夫人がくれぐれもよろしくとのこと」という伝言まで添えていた。シェリは馬鹿にされた

49 国の売る官職を購入して貴族に任ぜられた法服貴族に対する、旧来からの世襲貴族のこと。国王を取り巻く宮廷貴族と地方貴族がいた。

気がして、どう返事を書けばいいのかわからず、結局、意味不明なものとして手紙を捨て、ヌイイにも行かなかった。

木々や草が芽吹き始めてもなお肌寒い四月、しだいに桐やチューリップの花が開き、ヒヤシンスは房のように、黄色いエニシダは群れをなすように明るく咲いて、パリじゅうが甘い香りに包まれていったが、シェリの心は暗く寒々しい世界に閉じこもったままだった。

デスモンは、邪険にされたり嫌がらせを受けたりして内心腹も立てたが、とにかく金だけはたっぷりもらえるので、シェリに仕え、なれなれしく寄ってくる若い女たちや無遠慮に迫る若い男たちから彼を守ったり、モンマルトルからブーローニュの森のレストランへ、さらにセーヌ左岸《リヴ・ゴーシュ》のナイトクラブへと、食べて飲んで騒ぐ面々を集めたりしていた。

＊＊＊

ある晩、ラ・コピンヌが、ラ・ルピオットの重大な裏切りを知って、泣きながらひとりで麻薬を吸っていたところ、眉がこめかみまで悪魔のように吊り上がったあの若者が、ふらりと現れた。

「冷たい水を一杯」彼はたのんだ。秘めた熱情でカラカラになった美しい口を潤《うるお》したかったのだ。

ラ・コピンヌは、漆のトレイとパイプをシェリに押しやりながら、涙のいきさつを語ったが、シェリは何の関心も示さなかった。そして莫蓙だけを受け取ると、あとは静けさと薄暗がりに身をゆだね、夜が明けるまでそこにいた。まるで動いたら傷口が開くと恐れている患者のように、ほとんど身動きもしないで。

やがて日が昇ると、彼はラ・コピンヌにこう訊いた。

「どうして今日はあの真珠のネックレスをしてないんだ？　ほら、あの大粒の真珠の」

そしてそのまま、礼儀正しく出ていった。

夜、彼は知らず知らずのうちに、ひとりで散歩するようになっていた。大股の早足が、いつも決まった目的地に彼を運んでいく。でもそこは、遠目に見ることしかできない。深夜零時過ぎ、デスモンから逃れるように出ていくが、夜明けのころにはホテルのベッドで、悲しいことがあった子どもみたいに、うつぶせで両腕を重ねた上に頭をのせて眠っている。

「ああ！　よかった、ここにいたか」デスモンはシェリを見つけると、ほっとしてつぶやく。「こういうやつは……万が一ってこともあるからな」

ある晩、シェリは目を爛々《らんらん》とさせて夜道を歩き、その足はといえば、ビュジョー大通りを上っていた。習慣になった呪物崇拝《フェティシズム》のようなことを、日中はするまいと思っていても、四十八時間もたつといても立ってもいられなくなる。ドアノブに三回さわらなくては眠りにつけない強迫神経症の人のように、彼はあの鉄柵の門にそっと触れ、呼び鈴の上に人差し指をつけて、いたずらっ子みたいに、だがごく小さい声で、呼んでみるのだ。

「ねえ、おい！……」

そして立ち去る。

ところがある晩、門の前で彼は胸に一撃を受け、喉元まで苦しくなった。

中庭に丸い電灯がともり、ちょうど薄紫の月のように、玄関前の階段や大きく開いたままの通用門に光を投げかけ、敷石を照らし出していたのだ。二階の鎧戸からも明かりが漏れて、まるで金色の櫛のように見える。

シェリはいちばん近くの木にもたれかかると、うなだれた。

「まさか」彼はつぶやいた。「もう一度目を上げたら、きっと全部真っ暗になってるんだ」

そのとき門番のエルネストの声が聞こえてきて、シェリは、はっと顔を上げた。廊下で大きな声がしている。

「明日の朝、九時ごろには、マルセルとふたりであの黒いトランクを持ってあがりますから、奥様！」

シェリはあわてて踵《きびす》を返すと、ブーローニュの森の大通りまで走り続け、そこでようやく腰を下ろした。先ほど見た丸い電灯が、目の前で今も踊るように揺れている。暗い深紅の玉が金色で縁取られて、まだ痩せている黒い茂みの上で。

彼は胸に手を当て、大きく息をついた。開き始めたライラックの花が、夜の闇のなかで香っている。彼は帽子を脱ぎ捨て、コートの前を開けると、ベンチの背にもたれて両脚を広げ、開いた両手もだらりと下げた。押しつぶされそうな、それでいて快い重みが全身にのしかかってくる。

「ああ！」低い声で、彼はつぶやいた。「これが幸せってものか？……知らなかった……」

そしてひととき、これまでの自分を憐《あわ》れみ、蔑《さげす》んだ。金持ちだが狭量な若者だった心貧しい人生では、味わうことのなかったものを思って。それから一瞬——いや一時間だっただろうか——考えるのをすべてやめた。

その後は、この世で望むものはもう何もないと思えたのだった。レアの家へ行くことさえもである。

ぞくっと寒さに震え、クロウタドリたちが夜明けを告げているのを耳にして、彼は立ち上がった。少しよろめきながらも、かろやかに。そしてビュジョー大通りに立ち寄ることなく、ホテル・モリスへ戻っていった。

シェリは伸びをし、胸いっぱいに空気を吸って、何もかもに寛大な気持ちになっていた。

「さて」憑《つ》き物が落ちたように、彼はため息をついた。「さて……ああ！　これからは、あいつにうんとやさしくしてやろう……」

＊＊＊

翌朝八時に起きると、シェリは髭を剃り、靴をはき、熱に浮かされたように、鉛色の顔をして眠っているデスモンを揺さぶった。デスモンの顔は溺死者みたいにむくんでいて、見られたものではない。

「デスモン、おい、デスモン！……いいかげんに起きろ！　おまえの寝顔、見苦しすぎるぞ！」

眠っていたデスモンは起き上がると、濁《にご》った水のような目で、じっと友を見た。そしてまだ頭が働かないふりをして、シェリを注意深く観察した。青い装いが胸を打たれるほど似合っており、なめらかな粉を巧《たく》みにはたいた肌は、透明感で淡く輝いて……。自分のどうしようもない不器量さに対して、シェリの美しさは、今でもデスモンの心を苦しめることがある。デスモンはわざとゆっくりあくびをした。

〈今度はなんだよ？〉あくびをしながら彼は考えた。〈この馬鹿、昨日よりきれいじゃないか。特にこの睫毛、この睫毛ときたら……〉

つやつやとたくましささえ感じさせるシェリの睫毛と、その睫毛が黒っぽい瞳や青みがかった白目に落とす影を、デスモンは見つめた。人を見下すような弧を描いている唇は、今朝はまるで性急な快楽を味わった後のように濡れて生気を取り戻し、なかば喘《あえ》ぎながら開いている。

だがデスモンは、自分の嫉妬を悩み多い感情の奥底にしまい込むと、うんざりした尊大な調子でたずねた。

「で、こんな時間に出かけるの？　それとも今帰ってきたの？」

「出かける」とシェリ。「でもおかまいなく。まず買い物をするから。花屋に行く。宝石店にも。で、母親のところ、妻のところ、それから……」

「ローマ法王の大使のところも忘れずにな」デスモンが突っ込む。

「礼儀ならわきまえてるさ」シェリもやり返す。「フェイクの金ボタン[50]と、蘭の花束でも持っていくか」

シェリはめったに冗談には応じず、たいてい冷ややかにやり過ごす。だからおもしろくもない返答とはいえ、いつもと違う友の状態に何かあると、デスモンにはピンときた。鏡に映るシェリを改めて見つめると、鼻孔はふくらんで白さが際立ち、視線はさまようように動いて落ち着きがない。そこで、思いきって最も当たりさわりのなさそうな質問をしてみた。

「昼飯には帰ってくる？……おい、シェリ、聞いてる？　昼飯、一緒に食う？」

〈食わない〉とシェリはただ首を振って答えた。そして、レアの部屋にあるあのふたつの窓の間の鏡と同じく、自分の身長にちょうど合った縦長の鏡にゆったり姿を映しながら、軽く口笛を吹き始めた。

もうじきむこうのあの鏡、重厚な金の枠に縁取られ、陽の光でいっそう明るいバラ色の背景を従えたあの鏡に、彼の裸身が、あるいはゆるりとした絹に覆われただけの姿が、映るのだ。愛され、慈しまれ、幸福で、愛人のネックレスと指輪をもてあそぶ美しい青年のゴージャスな姿が……。

〈ひょっとしたら、もう映っているのかも……？　あのレアの鏡に、誰か若い男の姿が〉

とつぜん湧き上がったこの思いに、高揚していた胸があまりに鋭く刺し貫かれたので、シェリは呆然として、実際に耳で今の言葉を聞いたように思った。

「何か言った？」彼はデスモンに訊いた。

50　titre-fixe ゴールドフィルドとも呼ばれ、金メッキよりも金の層が厚いが純金ではない。

「なんにも」素直な友は取りすまして答えた。「中庭で誰かしゃべってるんだろ」

シェリはデスモンの部屋を出ると音を立ててドアを閉め、自分の部屋に戻った。部屋には目をさましたリヴォリ通りの、なじみ深く心地よい朝の喧噪がいっぱいに響いており、開いた窓からは芽吹いたばかりの春の緑がのぞいている。緑の葉は太陽のもとで、翡翠《ひすい》の薄いかけらのように、硬質に輝いたり光に透けたりしている。

彼は窓を閉めると、ベッドと浴室のドアの間の片隅で、壁ぎわに置かれて特に役にも立っていない小さな椅子に腰かけた。

「いったいどういうわけだ？」小声で彼はぶつぶつ話しだした。だがそのまま口をつぐんだ。六か月半ものあいだ、なぜ自分がほぼ一度もレアの愛人のことを考えなかったのか、わからなかった。

――わたしはほんとにどうかしているみたい！

レアは手紙にそう書いていた。シャルロット・プルーがうやうやしくとっておいたあの手紙に。

〈どうかしている？〉シェリは頭を振った。〈変だよ、あのひとがそんなふうになるとは思えない。あのひとが愛せるのはどんな男だ？　パトロンみたいなやつ？　デス

モンみたいなのよりは、まあ、な……。褐色でつやつやしてるアルゼンチン人の小僧？　それもな……。でもいずれにせよ……〉

シェリは無邪気にほほえんだ。

〈ぼく以外の誰を、あのひとが気に入るっていうんだ？〉

四月の太陽に雲がかかって、部屋がふと暗くなった。シェリは壁に頭をもたせかけた。

〈ぼくのヌヌーン……ぼくのヌヌーン……。ぼくを裏切ったのか？　ひどく裏切ったのか？……あんた、そんなことをしたのか？〉

痛む胸に鞭《むち》打ちながら、彼は脳裏をよぎる言葉や光景の数々を、苦しく目をみはるような思いで、怒りも感じずにつなぎ合わせていった。そして思い起こそうと努めた——レアの家での朝の戯れ、静けさが広がる午後の長い快楽、冷えびえとした部屋の温《あたた》かなベッドで貪《むさぼ》った冬の甘美な眠りを……。だがいくら心の目を凝《こ》らしても、レアの寝室に引かれたカーテンのこちら側が、あざやかなサクランボの色に燃え上がる昼下がり、レアの腕のなかにはいつも同じ愛人の姿しかないのだ。シェリの姿しか。

彼は立ち上がった。まるで湧き上がった信仰によって、よみがえった人のように。

〈単純な話だ！　彼女のそばにぼく以外誰も見えないなら、つまり、ほかに男はいな

いってことじゃないか！〉

彼は電話をつかみ、思わずレアにかけそうになったが、そのままゆっくり受話器を戻した。

〈なにやってるんだ……〉

そして出かけた。背筋を伸ばし、肩を引いて。

オープンカーをまず宝石店にやると、細い繊細なヘアバンドに心を奪われ、〈エドメにぴったりのヘアアクセサリー〉と思って買った。燃えるように青いサファイアが、ほとんど見えない青い金属《スチール》のバンドにちりばめられているものだ。つづいて、少々センスのない大げさな花束も買った。

それでもまだ十一時になるかならないかだったので、さらに三十分ほどあちこちで時間をつぶした。信用金庫で金をおろし、そばのキオスクでイギリスのグラビア誌をぱらぱらとめくり、近東からの輸入タバコを置いている店や行きつけの香水店にも行ってみた。それからようやく車に戻ると、リボンのかかったプレゼントの箱と花束の間に腰を下ろした。

「家まで」

運転手が座席から振り向いた。

「は？……今、なんとおっしゃいました？」

「『家まで』って言ったんだよ。アンケルマン大通りのね。パリの地図が必要？」

車はシャンゼリゼ大通りに向かって、勢いよく走りだした。運転手はこれ見よがしに張りきっていたが、その背中にはさまざまな思いが表れており、過ぎ去った月日の無気力な青年――「それでよければ」と投げやりで「一杯どう？　アントナン」とすぐに酒を飲みたがるあの青年と、使用人にあれこれ要求したりガソリン代に目を光らせたりするプルーの息子との間の深淵を、不安そうにのぞきこんでいるかのようだ。

プルーの息子のほうは、やわらかなモロッコ革のシートにもたれ、膝に帽子を置いて風を飲み込むようにしながら、何も考えまいと気持ちを張りつめていた。マラコフ大通りからポルト・ドーフィーヌにかけては臆病にも目をつぶり、ビュジョー大通りが過ぎ去るのを見ないようにしていたが、そこを過ぎると〈おれもやるじゃないか！〉と自分を褒め讃えた。

アンケルマン大通りに着くと、運転手は門を開けさせるためにクラクションを鳴らし、門は、重々しくも美しい蝶番《ちょうつがい》の響きを長々とたてながら開いた。制帽をかぶった門番が駆けつけ、到着した者の匂いを嗅ぎわけた番犬たちがうれしげに吠える。のびのびとくつろいだ気分で、きれいに刈られた芝のみずみずしい匂いを吸い込みながら、シェリは家に入っていった。そして主人としての足取りで、若妻のいる二階へ向かった。ヨーロッパの船乗りが、地球の反対側でかわいい現地妻を棄ててくるように、三か月前、一度は去った若妻のもとへ。

＊＊＊

レアは最後のトランクから写真を何枚か取り出すと、ライティングビューローの上に投げやった。

〈ああ、まったく見るに堪えないわね、あの人たちときたら！　なのにこんなものを送ってきて。わたしが暖炉の上に飾るとでも思ってるのかしら。ニッケルめっきのフレームとか、折りたたみの写真立てなんかに入れて？　屑《くず》かご行きね、破って捨てましょ！〉

そしてビューローに近づくと、破り捨てる前に、その青い瞳に可能なかぎり険しい目つきで写真を一瞥《いちべつ》した。黒っぽい絵はがきに貼られたものには太った女性が写っていて、コルセットで胴を締めつけ髪はヴェールで覆っているのだが、そのヴェールの薄いチュールがそよ風に吹き上げられて、頬のたるみが丸見えだ。

——親愛なるわたしのレアへ、ゲタリー[51]でのすばらしいひとときの思い出に。アニータ

別の一枚は、粗塗りの壁のようにザラザラした厚紙の真ん中に貼られた家族写真だが、人数ばかり多くて雰囲気は暗く、刑務所かどこかの集合写真みたいに見えるほど。君臨しているのは脚の短い老女で、厚化粧してダンスのフィナーレ用のタンバリンを高く掲げ、片足は隣の若者の膝にのせてポーズを決めているのだが、その若者がまた肉屋のように頑丈そうで陰険な雰囲気だ。

〈これも取っておく価値なし〉

レアはそう判断して厚紙を折った。

台紙のない一枚を開くと、目の前に老嬢のカップルが現れた。エキセントリックで

51　ビスケー湾に面したフランス南西部のリゾート地。

垢抜《あかぬ》けず、騒々しくて喧嘩好きなふたりで、朝はいつも南仏の遊歩道に置かれたベンチにすわって過ごし、夜はカシスのリキュールを飲みながら、四角い絹地に黒猫やヒキガエルや蜘蛛を刺繍していた。

――わたしたちのすてきな妖精さんへ！　ル・トラヤ[52]のお友だち、ミケットとリケット

レアは旅のこうした思い出を破棄すると、額に手を当てた。

〈ああいやだ。この人たちの後にも、その前と同じようにまた――また似た女たちが現れるんだわ。どうしようもないのね。そうと決まってるらしい。たぶん「レアみたいな女」のいるところには、シャルロット・プルーとかラ・ベルシュとかアルドンザみたいなのが地から湧いて出るのよ。それに、美青年だったのにぞっとするような年寄りになった男たちとか、ああいう、そう、ああいうやりきれない人たちが。ほんとにやりきれない、やりきれないわ……〉

耳の奥には、記憶も新たな声がまだいくつも残っている。ホテルの玄関前の石段で呼びかけてくる声、金色の砂浜で遠くから「よお、よお！」とこちらに叫ぶ声――レアは敵意に満ちた雄牛のように、頭を振ってうつむいた。

六か月のあいだに少し痩せ、気力や凜とした落ち着きも少々なくして、彼女は帰ってきた。ときおり顔にうっとうしい痙攣が走って、思わず顎を襟のほうへ引いてしまうし、旅先での間に合わせのヘアカラーのせいで、髪は燃え上がる炎のように真っ赤になっている。だが太陽と海に鍛えられた琥珀色の肌は、美しい農婦のようにつややかで、化粧なしでもすませられそうなほどだ。とはいえ張りを失った首には、日にも焼けなかったままの深い皺が刻まれており、首全体を隠さないまでも、慎重にゆったりとドレープを寄せる服を着なくてはならなくなっていた。

彼女はすわったまま、細かな片づけを延々と続けながら、昔の自分のエネルギーや、家が快適に整っているかチェックしていたあの機敏さを、まるでどこかへいってしまった家具のように探してあたりを見まわした。

〈ああ！　あんな旅行〉彼女はため息をついた。〈よく行ってこられたもんだわ……。ほんとうに疲れた！〉

シャプラン[53]の小さな絵を入れた額のガラスが割れているのに気がついて、レアは眉

52　地中海に面したカンヌに近い南フランスのリゾート地。

をひそめ、新たな痙攣に顔をしかめた。バラ色と銀色が美しい若い娘の肖像画で、とても気に入っていたものだ。

〈それにレースのアップリケのカーテンには、大きなかぎ裂きができてる。両手を合わせたぐらいあるじゃない。まだここしか見つけてないけど……。こんなに長く留守にするなんて、わたし、何を考えてたんだろう？　それも誰のため？……ここでひっそり悲しみや苦しみを癒すこともできただろうに〉

レアは呼び鈴を鳴らそうと立ち上がり、部屋着のやわらかなモスリン地を掻き合わせながら、ぞんざいに自分を叱咤激励した。

「あちこち飛びまわってきたおばあさん、さあ！」

家政婦が、下着と絹のストッキングを抱えて入ってきた。

「もう十一時ね、ローズ。なのにお化粧もできてないの！　なんだかぐずぐずしちゃって……」

「何もお急ぎになることはございません。もうメグレのお嬢様方がマダムを行楽に引っ張っていくことも、お庭のバラを片っ端から摘みに朝からやってくることもございませんし、ムッシュー・ロランがお部屋につぎつぎ小石を投げ込んで、マダムのお怒りを買うこともないでしょうし……」

「ローズ、でも家のなかには、しなくちゃならないことが山ほどあるわ。『三度の引っ越しは一度の火事に匹敵する』[54]のかどうか知らないけど、半年の留守は一度の浸水被害ぐらいには匹敵するわね。レースのカーテン、見た？」

「あれぐらい、なんでもございません。リネン室をご覧くださいませ。ネズミの糞《ふん》だらけで、フローリングの床まで齧《かじ》られておりますよ。それに、エメランシーにわたしたグラス用のふきんは二十八枚でしたのに、今は二十二枚しかないのも、おかしな話でございます」

「ほんと？」

「いま申し上げたとおりです」

53 シャルル・シャプラン（一八二五—一九一一）。画家。アメリカの画家メアリー・カサットの師でもあり、ピンク、白、グレーを基調とした絵が貴族や上流階級に好まれて、十九世紀後半のフランスで最も人気があったと言われている。

54 フランスのことわざ。「引っ越しを三度も繰り返すと、火事に一度あったのと同じぐらい物を失うことになる」という意味。

ふたりはそろって憤慨し、顔を見合わせた。ともに、快適なこの家に愛着を抱いているのだ。絨毯や絹織物が物音をやわらげ、中身のたっぷり入った棚や箪笥《たんす》がいくつもあって、地下室さえエナメル塗料で光沢を放っているこの家に。

レアは力強いその手で、膝を叩いた。

「少し引き締めましょうか！　エルネストもエメランシーも、暇を出されたくなかったら、あと六枚ふきんを見つけることね。それからあのマルセルの大まぬけは？　戻ってくるように、手紙を出しておいてくれた？」

「もうこちらにおりますよ」

レアはすばやく着替え、窓という窓を開けると肘をついて、新芽をつけながらよみがえり始めた大通りの並木を気持ちよさそうに見つめた。そう、おべっか遣いの老嬢たちも、あのピレネー地方の湯治場カンボで知り合った、鈍いが筋骨たくましいムッシュー・ロランも、ここにはいない……。

「ああ！　馬鹿な人！」レアはため息をついた。

ゆきずりのその男の愚かしさは、当時から〈まあいい〉と思っていて、男がレアの体の気に入るようにしなかったことしか責めはしなかった。健康で忘れっぽいレアの体の記憶では、ムッシュー・ロランはちょっと滑稽な、たくましいお馬鹿でしかなかったが、それにしてもあんなに不器用だったとは……。

彼女は今、否定するかもしれない。ある夜、洪水のように涙があふれて目がかすみ——外はにわか雨が降り、バラの香りのゼラニウムがいっそう匂い立っていた——一瞬シェリの面影が浮かんで、ムッシュー・ロランの姿は見えなくなってしまったことを……。

つかのまの情事を、レアは気まずくも思わず、後悔もしなかった。だから「馬鹿な人」はその後も、レアがカンボで借りていた別荘へ、陽気な老母とともに以前と同じようにやってきて、おいしいものがあれこれ出るお茶の時間とか、木製のバルコニーに置かれたロッキングチェアなど、彼女が内心誇りに思いつつ惜しみなく与えることができた快適なもてなしを受け続けてもよかったのだ。

「馬鹿な人」はしかし、傷ついて去っていき、レアは、白髪まじりで堅物だが顔立ちは整った将校のもとに残されて、彼から「マダム・ド・ロンヴァル」と結婚したいと言われるはめになったのだった。

「われわれの年齢といい財産といい、独立心を尊ぶ性格や社交上の趣味といい、何から何まで、互いに結ばれる運命を示しているではありませんか」

すらりとした体型を維持している将校は、そう言った。

レアは笑って、かなり痩せぎすとも言えるこの男、よく食べ、飲んでも酔っ払いはしない男といるのを、心楽しく思った。だが彼は、そこを勘違いしたのだ。もてなしてくれている人の美しい青い目と、すぐには消えない信頼に満ちたほほえみを、女がなかなか与えてくれない同意なのだと思ってしまった……。そして始まったばかりだったこの友情も、はっきりした身ぶりひとつで終止符が打たれた次第で、レアは内心、率直に自分を責めて悔やんだ。

〈わたしがいけなかったんだわ！　バスクの名家の出のイプステーグ大佐のような人を、ムッシュー・ロランと一緒にしてはいけなかった。手ひどく扱ったと言うなら、たしかにそう言われても仕方のないことをしたかもしれないし……。でもあの人が次の日も、いつもの大型四輪馬車《ブレーク》でやってきて、うちで葉巻をふかしたり、薹《とう》が立ったお嬢様方をからかったりしてくれたなら、しゃれたふるまいのできる粋な人ということになったのに……〉

彼女は気づいていなかった。大人の男というものは、お役御免、つまりふられることなら受け入れもするが、肉体面を値踏みする目つきや、誰かと――見知らぬ誰か、目に見えぬ誰かとあからさまに比べるような女の視線には、我慢ならないということに……。

不意にキスされて、レアは抑えておけなかったのだ。加齢というものが、男性のどの部分に衰えを刻むか知っている女の、容赦ないまじまじとした視線を。手入れされてはいるものの、潤いを失い腱《けん》や静脈が浮き出ている手を一瞥したあとは、たるんだ顎、皺が何本も入った額へと視線は上り、さらに口の両脇をカッコみたいに囲んでいるほうれい線へと、舐めるように戻ってきた……。

そして、あまりに礼儀も慎みも身もふたもないひと声――「あーら、やだ！」を思わず発したところで、「ロンヴァル男爵夫人」の気品は一気に吹き飛び、美男のイプステーグ大佐はそのまま屋敷を去って、二度と現れることはなかったのである。

＊＊＊

〈あれが、わたしの最後の恋だったのかしら〉窓辺に肘をついたまま、レアは思った。

だが、パリの気持ちのいい青空の下、街の喧噪をやわらかに響かせているきれいな中庭や、丸く刈り込まれていくつもの緑のプランターにおさまっている月桂樹を眺め、部屋から立ちのぼる生暖かくてかぐわしい空気にうなじを撫でられるうちに、レアのなかには、いつもの茶目っ気と上機嫌が少しずつ戻ってきた。

ブーローニュの森のほうへ、女たちが何人か歩いていく。

〈あら、またスカートの形が変わったのね〉レアは気づく。〈それに、帽子は高くなってる〉

レアは高級仕立て店「ルイス」へ行こうと考え、不意に美しくしていたいと思って、背筋を伸ばした。

〈美しくしていたい？　誰のため？　そうよ、わたし自身のため。それから、プルーの母親の期待を裏切ってやるためね〉

シェリが家を出たことは、知らないわけではなかったが、はじめはただそうと知っているだけだった。そしてマダム・プルーの警察みたいなやり方を非難しながら、最新流行の店でかわいがっている若い店員が、感謝の気持ちを上手に表しながら、試着の合い間にレアの耳に入れる噂話とか、店の名前が入った立派な便箋に「とてもおいしいチョコレートをありがとうございました」などと記した横に書いてよこす聞きかじったような話については我慢していた。

ところがカンボにいたときに、リリねえさんから一枚絵はがきが来たのだ。イカれた老女は読点も句点もない震える文字で、愛と失踪と、ヌイイに幽閉された新妻について、ほとんど意味不明な話を書いていて……。

〈あのときも、こんなお天気だったっけ〉レアは思い出す。〈カンボでお風呂に入りながら、リリねえさんの絵はがきを読んだあの朝も……〉

レアのまぶたに、明るい黄色の浴室と、お湯や天井に映っては揺らめく陽の光がよみがえる。つづいて音の響く安手の別荘《ヴィラ》にこだました、なかなかに冷酷で、あまり自然とはいえない大笑い——自分自身の大笑いも。それから大声で呼んだのだ。

「ローズ！……ローズ！」

なかば立ち上がり、しっかりした肩と乳房に湯をしたたらせ、美しい腕を片方伸ばしたレアの姿は、いつにも増して噴水を飾る彫像のようだった。その彫像が、濡れた絵はがきを指先で振り回している。

「ローズ、ローズ！　シェリが……ムッシュー・プルーが、逃げちゃったんですって！　奥さんを置いて！」

「わたくしには驚くほどのことでも」ローズは答えた。「なにしろ離婚のほうが、結婚より愉しいものでございましょ。みんなで悪魔を葬るような結婚なんかより」

その日、レアはそれからずっと、慎みのない笑いを抑えきれなかった。

「ああ、あの困った坊やったら！　まったく、やんちゃな子！　ほんとにもう、ねえ！」

そして、息子が初めて外泊したときの母親のように、ごく低く笑って頭を振ったのだった……。

＊＊＊

エナメルで塗られた無蓋《むがい》の四人乗り四輪馬車《ファエトン》が、きらめきながら、ほぼ音もなく鉄柵の前を走り過ぎて見えなくなる。静かな走りはゴムに覆われた車輪と、馬車用の馬のかろやかな足取りのおかげだ。

〈あら、スペレイエフね〉レアは気がついた。〈いい人よね。あ、今度はメルギリエ。

いつもの葦毛《あしげ》の馬だわ。ということは、十一時か。お次は〝干物〟のベルテルミが、ブーローニュの森の「ヴェルテュの小道」[55]へ骨をあたためにいく、と……。みんなどうして一生同じことをしていられるのかしら。シェリがここにいたら、わたしもパリを離れていたとは思われないんでしょうね、誰にも。かわいそうなシェリ、今となっては、もうあの子もおしまいよ。どんちゃん騒ぎをして女たちと遊んで、時間かまわず食べては飲み過ぎて……。気の毒に。もしあの子が、人のいい肉屋さんみたいな赤ら顔に扁平足だったら、まともな人生を送らないともかぎらなかったでしょうに〉

レアは、しびれた肘をこすりながら窓辺を離れると、肩をすくめた。

〈一度はシェリを救ってあげたけど、二度目はないわね〉

レアは爪を磨き、くもった指輪にハーッと息を吹きかけると、鏡に近づいて、髪がきれいに赤く染まらなかったところや根元の白髪をチェックしてから、手帳に何行かメモをした。いつもよりせかせかとすばやく動くことで、ひそかにこみあげてくる不

55　ヴェルテュ（vertu）は「美徳」という意味。

安、自分で名づけたなじみの「精神的な吐き気」と――そう呼ぶことで、深い悲しみの思い出まで否定しながら――戦っていたのだ。

そうしながら、つかのま、とぎれとぎれに、強烈に欲しいと思った。上流の年配マダムにふさわしい馬をつないだ、サスペンションのいい無蓋の二人乗り四輪馬車《ヴィクトリア》が。猛烈にスピードの出る自動車が。均整のとれた美しい総裁政府様式[56]の家具調度が。

それから彼女は、この二十年、うなじを見せて高く結ってきた髪型を変えようかとさえ考えた。

〈ラ・ヴァリエール[57]みたいな細い縦ロールはどうかしら？　そうしたら、今年流行のゆったりしたウエストのドレスも、バランスよく着られるわ。要するに、ダイエットして髪もきれいに染め直せば、まだ十歳は――う―ん、五歳かな……〉

あれこれ考えるうちに、いつもの分別と、はっきりとしたプライドが漲《みなぎ》りだす。

〈わたしほどの女に、最後の覚悟がないっていうの？　いいえ、おまえ、これまでも、この名に恥じないよう立派にやってきたじゃないの〉

両手を腰に当ててすっくと立ち、鏡のなかからこちらにほほえみかけている大柄な自分を、じっと見つめてみる。

〈これほどの女はね、年寄りの腕のなかで最期を迎えることなんかしないのよ。これほどの女だからこそ、運にも恵まれて、しなびた生き物で手や唇を汚したことは一度もなかったじゃない！　ええ、そうよ、「女吸血鬼」は、みずみずしい体しか欲しくはないの……〉

思い出をたどれば、若かった日々の愛人たちにも、ゆきずりの男たちにも、年寄りはひとりもおらず、それからおよそ三十年、輝くばかりの、でも傷つきやすい思春期、そして青年期の若者への献身がずっと続いたことを思うと、レアは穢《けが》れのない誇らしさでいっぱいになった。

〈で、わたしに負うところ大なのよ、そうしたみずみずしい体は！　あの人たちの健康も美しさも、健全な恋の苦しみも、風邪のときの卵黄入りホットミルクも、雑にも

56　総裁政府とは、フランス革命中一七九五年十一月から一七九九年十一月までの、ナポレオンが台頭するまでの行政府。総裁政府様式とは、整然とした直線を中心とする均整美を強調する当時の様式。

57　ルイーズ・ド・ラ・ヴァリエール（一六四四—一七一〇）。ルイ十四世の愛妾となり、女公爵の称号を与えられたが、後に修道女となった。

単調にもならずに愛し合う習慣も、みんなどれだけわたしのおかげだったかしら？なのにベッドの隣が空いてるからって、どこかのおじいさんを招き入れていいわけがないのよ。そうね、だいたい……だいたい……〉

彼女は年齢を特定しようと少し考え、無邪気にもおごそかに言いきった。

〈四十にもなってるおじいさんを〉

そして形のいい長い手をこすり合わせると、うんざりしたように回れ右をした。

〈はぁ！　全部おさらば。そのほうがすっきりするわ。トランプとかおいしいワインとか、ブリッジの点数札とか編み針とか、あれこれ買いに行きましょ。胸にあいた大きな穴を埋めるため、この怪物を変装させるため――老いた女というこの怪物を……〉

＊＊＊

編み針はともかく、レアはたくさんのドレスと曙《あけぼの》の雲のような薄手の化粧着を何枚か買い込んだ。そして、足の手入れに中国人の専門医が週に一度、マニキュア師は二度、女性のマッサージ師は毎日やってくるようになり、劇場でも開演前のレストランでも——シェリと一緒のときには通っていなかったレストランだ——、彼女の姿が見られるようになったのだ。

若い女たちやその男友だち、それに彼女の服の元仕立て屋で引退したキューンなどから、劇場のボックス席やレストランに招待されたときにも断わらなかった。だが若い女たちときたら、レアが望んでもいない敬意をしきりに示そうとするので打ち解けられなかったし、キューンは逆に、ふたりでの最初の食事のときから「ねえ、おまえ」などと言ったので、即座にレアはこう応じた。

「キューン、どう見ても、あなたはわたしのお相手には似合わないでしょ」

レアは逃げ場を求めるように、ボクシングジムの所長兼レフェリーになっていたパトロンにまた会おうとしたが、パトロンは、小柄で嫉妬深くて手に負えないネズミ捕り用の犬みたいな、バーの若い女性経営者と結婚してしまっていた。

それでも、繊細な心を持っているこのボクサーに会いたくて、レアは重い金《ゴールド》をあしらった濃いサファイア色のドレスに、極楽鳥の羽根やみごとな宝石の数々をまとい、マホガニー色に染めたばかりのつややかな髪で、思いきってイタリア広場まで出かけていった。だがそこで、パトロンが指導している「期待の新人たち」の汗の臭いやすえた臭い、おまけにテレビン油の匂いまで吸い込んで、早々に立ち去るはめになった。そして確信したのだ。だだっ広くて天井は低く、青いガス灯がシューシュー音を立てているそのジムに、もう二度と来ることはないと。

彼女は、閑人《ひまじん》ならではのかえってあわただしい生活に戻ろうとして、こうしていろいろ試みたのだが、結局ただわけのわからない疲労感に苛《さいな》まれるばかりだった。

〈わたし、いったいどうしたんだろう?〉

夜になると少し浮腫《むく》みの出るくるぶしのあたりに、レアは触ってみる。歯周病の兆候はほとんどないしっかりした歯を、鏡でのぞく。酒樽を叩いてみるように、広やかな肺や軽快な胃のあたりを叩いてもみる。だが言い表すことのできない何かが、彼女のなかで傾き、支えを失い、全身を押し流そうとしている。

その知らせをもたらしたのは、「バーカウンター」でたまたま出会い、安物の白ワインをぐいぐい飲みながらエスカルゴを二ダース平らげていたラ・ベルシュ男爵夫人だった。あの放蕩息子がとうとう家に戻り、アンケルマン大通りでは新たな蜜月が始まろうとしているというのだ。

人の道にかなったその話を、レアは顔色も変えずに聞き流した。しかしその翌日、紺のリムジンが家の前に止まって、シャルロット・プルーが中庭を歩いてくるのを見たとたん、苦しみがこみ上げてきて蒼白になったのである。

「やっと！　やっとね！　お久しぶり、私のレア！　ねえ、あんた、ますますきれいになったじゃない！　去年より痩せたし！　でもね、レア、私たちの年じゃ、あんまり痩せたらだめよ。これぐらいならいいけど、これ以上はね！　それに……。ああ久しぶり、なんてうれしいの！」

いつもなら耳ざわりなその声が、これほど心地よく聞こえたことはない。レアはマダム・プルーにしゃべらせ続け、キンキン声でまき散らされるそのおしゃべりで時間を稼ぎながら、自分を立て直した。そうして昔と同じように、小さな居間に射すおだやかな光のもと、ごく淡いバラ色の絹の壁紙を背にした脚付きの肘掛け椅子に、シャルロット・プルーをすわらせ、自分はまっすぐな椅子に無意識のうちに腰かけて、やはり昔と同じように、背もたれに沿って肩を引き、顎を上げた。

ふたりの間のテーブルには、昔ながらの刺繍で飾られた目の粗いクロスが掛けられ、これまた昔と同じように、年代物のブランデーが半分ほど入った大きな切子《きりこ》ガラスのカラフと、雲母の一片のように薄くて澄んだ音をたてる聖杯型のグラス、冷たい水、そしてサブレーがのっている……。

「ねえ、あんた！　これでまたゆっくり、ゆっくり会えるようになるわね」マダム・プルーは涙を流している。「私のモットー、知ってるでしょ。『自分が大変なときには友だちを巻き込むな。幸せだけを分かち合おう』シェリが出て行って遊びまわってたあいだ、私はわざとあんたになんにも連絡しなかったのよ。ええ、そうなの！　でも今はすべて丸くおさまって、あの子たちも幸せそうにしてるから、大きな声でそんな話もできるし、あんたの腕のなかにも飛び込めるようになったってわけ。私たち、また楽しくやりましょうね……」

マダム・プルーはここで言葉を切ると、タバコに火をつけた。まるで女優みたいに巧みな間《ま》の取り方だ。

「……シェリ抜きで。もちろん」

「もちろん」レアは微笑しながらうなずいた。

そしてこの宿敵を見つめ、おしゃべりを聞いていたが、やがて気持ちが満たされていくのを感じて驚かされたのだ。

人間のものではないように大きな目、しゃべりやめない口、少しもじっとしていない小柄で太った体――目の前の何もかもが、毅然とした自分を、昔と同じようにまた試練に陥《おとしい》れ、屈辱を味わわせようとするためだけにやってきたというのに。何もかもが昔と同じようだ。だが昔と同じように、レアもやり返すことができる。軽蔑し、微笑し、胸を張ることができる。

昨日も、そしてその前の日々も、ずっと胸にのしかかっていた悲しくて重いものが、ようやく溶け出したようだった。本来のなつかしい日の光が居間を満たし、カーテンと戯れている。

〈そう、これ〉レアは明るい気持ちで考えた。〈去年よりちょっと老けた女がふたり、いつもの意地悪に決まりきった言い回し、どこか間の抜けた警戒心、そして食事を一緒にして――。朝は投資のために経済紙を読み、午後はくだらないゴシップがお供で――そんなこんなを、全部また始めなくちゃいけないんだわ。それが人生というものだから。それがわたしの人生だから。アルドンザやラ・ベルシュやリリみたいな女たちとか、もう家庭のない年配の紳士方とか、そうした一セットがトランプのテーブルを囲むのよ。テーブルには最高級ブランデーのグラスとトランプのカードが隣り合い、ひょっとすると、そのうち生まれてくる子どものために編まれた、ちっちゃな靴下もあるかもしれないわね……。もう一度、始めよう。ここからは未知の領域。楽しくやっていけばいい。前に転んでつけた跡に、また嵌《は》まり直すだけみたいなことなら、気楽にやっていけるってものだわ……〉

レアは、義理の娘についてまくしたてているシャルロット・プルーの話に耳を傾けようと、澄んだ瞳とゆるやかな口元ですわり直す。

「ねえレア、あんた知ってるでしょ、私の生涯の願いは、おだやかで安らぎに満ちた暮らしをすることだったって。それがねえ、今や手に入ったのよ。シェリが出ていったのは、要するに若気の至りみたいなことだったのね。もちろんあんたを責める気はないのよ、レア。でも十九の年から二十五まで、なにしろあの子には独り身らしい生活をする時間がほとんどなかったでしょ？　それで三か月、そういう生活をしてみたのね！　それだけのことだったのよ！」

「かえってよかったんじゃない？」まじめな顔のまま、レアは言う。「若い奥さんに、『結局きみがいい』って保証してあげたわけだもの」

「それよ、それ、私が言いたかったのは！」マダム・プルーは顔を輝かせ、金切り声を上げた。「保証！　そうよ、あの子が帰ってきたその日から、うちのなかはもう夢のようなの！　それにね、プルーの人間は浮かれ遊んで帰ってきたら、もう二度とふらふら出て行ったりしないのよ！」

「家族の伝統ってこと？」レアが訊く。

シャルロットはそれを耳に入れようともしないで続ける。

「そもそも、あたたかく迎え入れられたのよね、あの子。ああ！　あれがまたかわいい若奥さんなのよ、レア……。ねえ、私もかわいい若奥さんはいろいろ見てきたけど、そうね、エドメに勝る子はいないわね」

「なにしろあの母親がみごとだから」とレア。

「ねえねえ、考えてもみて。三か月近くも、シェリはあの子を私に押しつけていったわけでしょ——ちなみに、あの子は私がいて運がよかったわけだけど！」

「わたしもそう思ってたわ」とレア。

「とにかく、あの子は泣きごとも言わなければ騒ぎもせず、みっともなくあちこち駆け回ったりもしなかった。そういうことは何も、なんにもしなかったのよ！　ほんとうに我慢強くてやさしくて、聖女のような顔をしてたわ、聖女のような！」

「まあすごい」とレア。

「で、ある朝、あのやんちゃ坊主が、まるでブーローニュの森を一周してきましたって顔でにこにこ帰ってきたときも……一言でも何か言ったと思う？　何もよ！　なんにも！　あれじゃ、あの子も内心かえって気づまりだったでしょうに……」

「あらどうして？」とレア。

「だって、ねえ……。でも結局あの子も、感じよく迎え入れられたってわかって、すぐ寝室に行って、バタンとドアが閉まって、それで仲直り。ああ！　そのあいだ、この世で私ほど幸せな女はいなかったわ！」

「エドメを除いては、ね」レアが補う。

夢中でしゃべっていたマダム・プルーは、両手を翼のようにばたつかせた。

「なんの話よ？　私は家族が元どおりになったって話をしてたのよ」

だがそれから声を落とし、目を細めて唇をすぼめた。

「そもそもあの嫁が絶頂に達するとか声を上げるとか、想像できないわ。二十歳そこそこで、あんなにガリガリで、やれやれ……。あんな歳《とし》じゃ、せいぜい何やら口ごもる程度でしょ。それにここだけの話だけど、あの子の母親は不感症じゃないかしらね」

「あら、家族を信奉し過ぎてどうかしちゃったの？」とレア。

シャルロット・プルーは子どものように目を見開いたが、その瞳からは何の底意《そこい》も読み取れなかった。

「ちがうの、ちがうの！　遺伝よ、遺伝！　遺伝ってあるでしょ。だから私の息子は、ほんとに気まぐれだし……。え、あなた、あの子が気まぐれそのものみたいだって、知らなかった？」

「忘れちゃったみたい」レアはとぼける。

「ともかく、私は息子の将来を信じてるの。あの子も私と同じように、家庭を大事にして、財産を管理して、自分の子どもたちをかわいがるようになるんだわ。私がやってきたのと同じように……」

「そんな気の滅入りそうなことばっかり、予言しないでよ」レアは頼むように言う。

「それで、その若いふたりの新居はどんなふう？」

「悪趣味」マダム・プルーは不満げに甲高い声を出した。「悪趣味なの！　絨毯が紫よ。紫！　浴室は黒と金だし。居間には家具も置かないで、私みたいにデンとした中国の壺ばっかり! それでね、二人はもうヌイイに落ち着くんですって。嫁も——これは私がうぬぼれてるんじゃなくて——ほんとにあそこを気に入ってるの」

「ヒステリー起こしたりしなかった?」気づかうようにレアがたずねる。

シャルロット・プルーの目がキラリと光った。

「嫁が? いいえ大丈夫。私たちの敵は手ごわいんだから」

「私たち? 誰のこと?」

「あらごめんなさい、つい、いつもの癖で……。私たちの前にいるのは、いわゆる頭のいい女、それも正真正銘、頭のいい女なのよ。きつい口調にもならずに命令できて、言いたい放題のシェリも受け入れて、屈辱も、お砂糖を入れたミルクみたいに飲み込むの。あれじゃあ将来、息子に何かよくない影響が出やしないかって、それがほんとに心配で。ねえレア、それがあの子の、ほかの誰ともあんなに……あんなに違う趣を失わせてしまいやしないかって……」

「え? 言いなりなの?」レアが割って入る。「このブランデー、もっと飲んで、シャルロット。スペレイエフがくれたのよ。七十四年も寝かせたヴィンテージ。子どもにも舐《な》めさせられそう……」

「言いなりっていうのとは違うんだけど、なんていうか、たい……たいぜん……」

「泰然自若《たいぜんじじゃく》？」

「それ。だから、私があんたに会いに行くってわかったときも……」

「なんですって、知ってるの？」

頰にかっと血が上って、レアは自分の心の激しい高ぶりと、小さな居間にあふれる明るい光を呪った。マダム・プルーはうっとりしたような目で、そんなレアの動揺を楽しんでいる。

「ええもちろん、知ってるわ。そんなことで赤くなったりして！　意外に子どもなのねえ」

「だいたい、どうしてわたしが帰ってきたってわかったのよ？」

「まあそりゃあ、ねえ、レア、そんなこと聞くもんじゃないわ。みんな、あちこちであんたを見かけてたんだから……」

「そう。でもシェリには、あの子には、あんたが言ったの？　わたしが帰ってきたって」

「ちがうわ、あの子がわたしに教えてくれたのよ」

「へえ、あの子が……。でも不思議……」

心臓がドキドキして声が震えだしたのがわかり、レアはそこで口をつぐんだ。

「あの子、その後こんなふうに言ったの。『マダム・プルー、ヌヌーンの様子を見てきてくれるとうれしいんだけど』今もあんたをそんなに大事に思ってるのね！」

「それはご親切に！」

マダム・プルーはすでに真っ赤で、一見、年代物のブランデーに身をまかせ、頭を揺すって夢うつつでしゃべっているようだ。しかしその金褐色の目は落ち着いていて、レアの様子を鋭くうかがっている。レアは背筋を伸ばし、自分を守って武装しながら、次にどんな攻撃がくるのか身構えている。

「そりゃ親切よ。でも当たり前。男はあんたみたいな女のことは忘れないのよ、レア。それに……私の思ってること全部聞きたい？——あんたはちょっと合図するだけでいいの、もし……」

レアはシャルロット・プルーの腕に手を置くと、静かに言った。

「全部は聞きたくないわ」

マダム・プルーの口元が、への字に曲がった。

「そう！　わかったわ、あんたの言うとおりね」沈んだ声で、ため息まじりに言う。「あんたみたいに、別の生活を始めようとしてるときにはね……。そういえば、まだあんたの話を聞かせてもらってないじゃない！」

「でもそれなら、もう……」

「幸せ？」

「幸せよ」

「大恋愛だったの？　すばらしい旅だった？……彼、やさしい？　写真はどこ？」

レアはほっとして、口角を上げてほほえむと首を振った。

「だめだめ、何も教えない！　自分で探して！……もう探偵はいないの？　シャルロット」

「探偵なんか信用しない」シャルロットが言い返す。「あちこちでいろいろ聞かされもしたけど……。あんたがまた失恋したとか、面倒な問題に巻き込まれた、それもお金の、とか……。でもね！　だからって、私は噂なんか真に受けないこと知ってるでしょ！」

「ええ、誰よりも。ね、ロロット、心配しないでもう帰って。みんなを安心させてあげてちょうだい。で、わたしが十二月から三月までに石油で儲けた半分でも、みなさんも稼いでいたらうれしいわって言ってくれるかしら」

マダム・プルーの表情をやわらげていたアルコールの靄《もや》が、たちまち消えうせ、酔いの醒めた冷淡な顔がはっきり現れた。

「あんた、石油をやってたの！　気がつくべきだった！　でもそんな話、してなかったじゃない！」

「訊かれなかったから……。ご家族のことで頭がいっぱいだったでしょ。まあ無理もないけど……」

「加工炭の株のことも考えたわよ、ありがたいことに」その声は、音の詰まったトランペットのように、か細くなっている。

「あら！　あんたもそんな話、してなかったじゃない」

「愛の夢を邪魔してまで？　まさか！　ねえレア、私もう帰るわ。また来るから」

「木曜日にいらっしゃいよ。だって、ねえロロット、ヌイイのお宅での日曜日の集まりには……もうわたしは行けないでしょう。ここで木曜日にちょっとした会をしない？　気心の知れた女どうしで、アルドンザおばさんとか、われらが敬愛するラ・バロンヌおじさんとか――あんたはポーカーをして、わたしは編み物を……」

「あんた編み物するの？」

「まだだけど、そのうちにね。どう？」

「跳び上がりたいほどうれしいわ！　ほら、跳び上がってるでしょ！　でも家では私、このこと誰にもしゃべらないわね。あの子が木曜日に、ポートワインを一杯あんたにねだりに来たりしたらいけないから。ほっぺたにもう一回、ね、キスして……。ああ、いい匂いがするわね、あんた！　お肌に張りがなくなってくると、香水はしみ込みやすくなるっていうものね。いいわねえ」

＊＊＊

〈行け、行ってしまえ……〉

レアは小さく震えながら、中庭を進んでいくマダム・プルーを目で追った。〈あんたの意地悪な目論見のほうへ、行けばいい！　あんたを邪魔するものは何もないんだから。足ぐらい挫《くじ》くかもしれない？　ええ、挫くことはあっても転ばないわね。運転手も慎重だから、車がスリップしたり木に正面衝突したりすることもない。無事ヌイに帰って、機会をうかがうんでしょう――今日か明日か、それとも来週か――けっして言うべきではないことを口にする機会を。おそらく安らいでいるふたりの気持ちを、ざわつかせようとするのよ。そして少なくとも、しばらくちょっと震えさせる。今のわたしみたいに……〉

レアは、坂道を上った後の馬のように脚が震えていたが、苦しくはなかった。自分を守りながらしっかり応答したことに満足していたのだ。顔色にもまなざしにも、まだ生き生きした力が残っていて、彼女はその力でハンカチを揉みくちゃにしていた。シャルロット・プルーのことが頭から離れない。

「結局また会ってしまった」レアはつぶやく。「ひとつのスリッパを噛んで遊ぶ二匹の犬みたいに。不思議ね！　あの人は敵なのに、力をもらうのもまたあの人から。わたしたち、なんと強く結ばれているのか……」

レアは、自分の運命を恐れたり受け入れたりしながら、長いあいだぼんやりしていた。やがて先ほどまでの緊張もやわらいで、うとうとし始める。すわったまま頰をクッションに押し当て、すぐそこまで来ている老いに思いをめぐらしては想像してみる。日々がどれも同じようになり、シャルロット・プルーがやはり目の前にいて、執拗なライバル関係が時の経過を早める一方、身のまわりをかまわなくなるだらしなさに陥ることはなく――。熟年の女たちは、まずコルセットを投げ出し、次に髪を染めるのをやめ、最後には美しいランジェリーまで手放してしまうものだけれど。まどろみながら、今すでに彼女は、老境ならではの凶暴とも言える楽しみを味わっていた。ひそかな戦いでしかない楽しみ、他人の死を待ち望み、大災害がやってきてこの世にただひとつの点、ただひとりの自分が生き残るという激しい希望が絶えず湧いてくる楽しみ――。

はっとして、そこで彼女は目をさました。部屋には、夜明けにも似た夕暮れのバラ色の光が広がっている。

「ああ！　シェリ……」レアはため息をついた。

だがそれはもう、胸を焦がしてしゃがれていた去年の呼びかけとは違っており、涙も流れなければ、全身で体が抵抗することもなかった。体というものは、精神が苦痛のあまり肉体を破壊してしまおうとするとき、苦しみながらも逆らいだすものだ……。

レアは起き上がると、頰についたクッションの刺繡の跡をこすった。

〈かわいそうなシェリ……思えばおかしなことね――あなたは衰えておばあさんになった愛人を失い、わたしは顰蹙《ひんしゅく》を買ってばかりいた若い恋人を失って、わたしたちはどちらも、この世でいちばん誇りに思っていたものをなくしてしまっただなんて……〉

＊＊＊

シャルロット・プルーが訪ねてきてから二日が過ぎた。レアには長く陰鬱な二日で、まるで修行中の身のような心持ちでじっと耐えていた。

「でも、こうして生きていかなきゃならないのなら」彼女はつぶやいた。「そろそろ始めるとしましょうか」

だがやり方が不器用で、よけいな熱意ばかりがあったために、修行は挫折しがちだった。

翌日の午前十一時ごろ、レアは出かけてみようと思い立った。ブーローニュの森の池まで歩いてみよう、と。

〈犬を一匹飼おうかしら〉そうも思った。〈わたしの相手もしてくれるだろうし、散歩のために歩くようにもなるだろうし〉

ローズは夏物のしまってあるクロゼットの奥から、底の頑丈な黄色いアンクルブーツと、アルプスの山々や森の匂いがしみ込んだ少々野暮ったい上下を引っぱり出すはめになった。そしてレアは、そのようなブーツや粗い生地の服が、身に着けた者に求めるとおりの決然とした足取りで、外に出た。

〈これが十年前なら、思いきってステッキも持って出たかもしれないけど〉彼女は思った。

そのとき、まだ家のほんの近くで、かろやかな早足の靴音が後ろから聞こえてきたのだ。〈聞き覚えのある靴音〉とレアは思った。そしてそのとたん、胸がざわめきだすのをどうにも抑えられず、体じゅうが固まってしまった。靴音はおかまいなしに近づいてくる。そうしてそのままレアを追い抜き、遠ざかっていった。

見知らぬ青年が急ぎ足で、レアを見ることもなく通り過ぎたのだった。

ほっとして、レアは息をついた。

「馬鹿ね、わたしったら！」

彼女は黒っぽい色のカーネーションを一輪買うと、ジャケットに挿してまた歩きだした。ところが三十歩ほど先の、並木道の芝生を覆っている薄い霧のなかに、ひとり佇んでいる細身の男性のシルエットが浮かび上がっていたのだ。

〈今度はまちがいない、あの上着の仕立て、ステッキの回し方……。ああ！　やめてほしい、こんな郵便屋みたいな靴に、着膨《きぶく》れして見えるジャケットを着たところを見られるなんて。どうせ再会するなら、もっと違う格好でいるときがいい。そもそも彼、茶色にはいつも文句を言ってたし……。だめよ、だめ、わたし帰るわ、わたし……〉

そのとき男性の前に、空車のタクシーが一台止まった。男性はそれに乗り込んで、レアの目の前を走り去った。短い口髭《ひげ》をこぢんまりたくわえたブロンドの若者だった。レアはふっとほほえみもせず、今度は安堵の息をつくこともなく、くるりと向きを変えると家に引き返した。

「また嫌になっちゃったの、ローズ……。桃の花の色のティー・ガウン[58]を出して。あの新しいのね。それと刺繍のある袖なしのロングマントも。こういう毛織物を着てると息が詰まるわ」

〈無理にがんばることないのよ〉彼女は自分に言い聞かせる。〈二回続けてシェリじゃなかったけど、三回目はそうかもしれない。こういうちょっとした罠みたいなこと、よくあるじゃない？　自分ではどうしようもないし、今日はわたし、そんな元気もない。なんだか力が出ないわ〉

そして日がな一日辛抱強く、また孤独の修行を行おうとした。昼食後はタバコと新聞がいい気晴らしになり、それから電話がかかってきて、つかのま心が慰められる。まずはラ・ベルシュ男爵夫人から、そしてかつての愛人、スペレイエフから。美男のスペレイエフは馬を商っており、「ゆうべきみが通りかかるのを見たよ」と話したついでに、馬を二頭買う気はないかと訊いてきた。

その後は、恐ろしくなるほどしんと静まり返ったまま、まる一時間が過ぎていった。

「ささて……」

レアは腰に手を当て、金色とバラ色の糸で刺繍されたロングマントの美しい裾《トレーン》を引き、腕をむき出しにしたまま歩いた。

「ささて……ちょっと整理してみましょうか。あの子のことを気にしなくてよく

58　アフタヌーンティー用のゆったりしたホームドレス。

なったからって、それで鬱のようになってはだめ。もう六か月も、わたしはひとりで生きてきたのよ。南仏にいたときは、とてもうまくやれたじゃない？　まず場所を変えて、それからリヴィエラやピレネーでいろんな人とつき合ったのもよかった。別れた後に、なんだか新鮮な気分になれたものね……。火傷《やけど》の手当てに、手作りの素朴な湿布をしたようなものかしら。それで治るわけじゃないけど、こまめに取りかえて冷やせば痛みもやわらぐ。六か月もあちこち旅したのは、あのサラ・コーエンのひどい話に似てるのかもしれない。わざわざ怪物みたいな人と結婚して、『彼を見るたびに、〈私ってきれい〉って思えるでしょ』なんて言ってたとか。

でもあんなふうに六か月過ごす前だって、わたしはひとりで生きるのがどういうことか、知ってたのよ。どんなふうに過ごしてたんだったかしら、たとえばスペレイエフと別れた後は？　そうそう、パトロンとバーやらビストロやらをさかんに梯子したっけ。それからすぐ、シェリを手に入れた。で、スペレイエフの前は、ルケレックの坊やが、家族の手でわたしから引き離されて結婚させられて……。かわいそうに、あのきれいな目に涙をいっぱいためてたわね……。あの後、わたしは四か月ひとりでいたんだわ。最初のひと月は、ずいぶん泣いたものだった！

あ！　ちがう、わたしがずいぶん泣いたのは、バッチョッキと別れた後だ。でも泣くだけ泣いたら、もう誰にも捕まらずにいた。ひとりでいて、とても満たされていたから。ええ、そう！　それにしても、バッチョッキといたころ、わたしは二十八だったのね。ルケレックと別れたのが三十のとき。そのあいだに出会ったのが……、もうどうでもいいか。スペレイエフの後は、自己嫌悪に陥ったっけ。シェリの後はといえば、わたしは……わたしは五十よ。そう考えると、うっかり六年も一緒にいてしまったことになる」

額に皺を寄せると、不機嫌そうなしかめ面は醜かった。

「自業自得だわ。この年で、六年も愛人を囲ったりするもんじゃない。六年！　わたしに残っていたものを、あの子は吸い尽くしてしまった。六年もあれば、気楽でささやかな幸せをふたつ三つ引き寄せることもできただろうに、大きな後悔ひとつのかわりに……。六年もの関係なんて、植民地へ行く夫についていくようなもの。帰ってきたときにはみんなに忘れられていて、おしゃれの仕方もわからなくなっている」

わが身をいたわるように、レアは呼び鈴を鳴らしてローズを呼び、レース類が入っている小さな簞笥をいっしょに整理した。夜のとばりが下り、あちこちのランプに灯がともると、ローズは家事に戻っていった。

「明日は」レアはつぶやいた。「車を出して、ノルマンディーにあるスペレイエフの種馬飼育場まで飛ばして行こう。そうだ、ラ・ベルシュおばさんを連れていこうか、もし来たいって言ったら。昔持ってたみごとな馬や馬車を思い出すでしょうよ。それで、そうね、お若いあのスペレイエフがわたしに色目を使ったら……」

誘惑者のようなミステリアスなほほえみを、彼女は浮かべてみた。鏡台のまわりを、そして暗がりで輝いている立派なベッドのまわりでさまよう亡霊たちを、惑わすかのように。だが自分はほんとうのところ、他人の快楽などにはまったく無関心なうえ、おおいに軽蔑していると感じたのだった。

夕食は上質な魚の料理とケーキのデザートで、気持ちも安らいだ。いつものボルドーワインのかわりに、やや辛口のシャンパンを一杯飲んで、テーブルを離れたときには鼻歌を歌っていた。

それから、寝室の大きな鏡を全部、花と装飾的な欄干《らんかん》の模様のアンティーク風生地に張り替えようと考えて、窓と窓の間の羽目板の大きさをステッキで測《はか》りだしたのだが、そのとき不意に、十一時の鐘の音が聞こえた。レアはあくびをし、頭を掻いて、夜の身づくろいのために呼び鈴を鳴らした。

長い絹のストッキングをローズに脱がせてもらうあいだ、彼女は、一日に勝ち負けをつけるとするなら負けだった今日のことを思い返し、それが花びらのように過去のほうへ散っていくのを感じて、罰として出された宿題がようやく終わったような喜びに浸った。これからの時間は、夜のおかげで無為という敵から守られる。それでどれぐらい眠れるかしらと期待する。または、どれぐらい眠れずにいるかしら。

夜はまた、不安のなかにいる人にも、大きくあくびをしたりため息をついたり、朝早い牛乳屋の車や清掃人たちや、雀《すずめ》たちの騒がしさを呪う権利を取り戻してもくれるのだ。

身づくろいのあいだじゅう、レアはべつに実現させる気もないような計画を、あれこれさかんに話した。

「アリーヌ・メスマッケルは、バーもあるレストランを一軒買って、すごく儲けてるのよ。もちろん、投資であると同時に暇つぶしにもなってるわけね。でもわたしが自分でレジに立つなんて想像できないし、支配人としてマダムをひとり雇ったりしたら、意味がなくなっちゃうわけだし。ドラとおデブのフィフィは、ふたりでナイトクラブって今流行《はや》ってるんだって。ラ・ベルシュおばさんに聞いたわ。そういうの、今流行《はや》ってるでしょ。ある種のお客たちを引き寄せるために、付け襟をつけてタキシードのジャケットを着てるそうよ。おデブのフィフィには育ちざかりの子どもが三人もいるからってことだけど、それは口実よね……。そういえばキューンもいたっけ。退屈してるから、わたしの資金を喜んで受け取って、新しい婦人服飾店を始めるでしょうね」

一糸まとわぬ姿になって、遺跡を思わせるポンペイ様式の浴室の、レンガ色がかったバラ色の光に淡く染まりながら、彼女は白檀の香水を吹きかけ、知らず知らずうっとりしつつ絹のネグリジェを広げた。

〈どれもみんな、つまらない空想ね。働くのは好きじゃないって自分でよくわかってる。さあマダム、もうベッドへ！　あなたにほかの仕事はないのよ。お客はいなくなってしまったけれど〉

身を包んだ白いネグリジェはアラビア風のノースリーブで、裏地をバラ色の光がそこはかとなく染めている。レアは鏡台を振り返ると、ヘアカラーで硬くなった髪を両手で梳《す》いて持ち上げ、額縁に入れるように、疲れた顔を縁取ってみた。あらわな二本の腕は、ふっくらと筋肉のついた脇から丸みを帯びた手首まで、じつに美しくて、彼女はしばし見とれた。「花瓶自体はこんなに古くなったのに、取っ手のほうはきれいだこと！」

黄金色の櫛を片手で無造作にうなじに挿すと、彼女は隣の薄暗い小部屋に行って、棚からなんとなく推理小説を一冊選んだ。愛書家のように立派な装幀《ルリユール》を施した本ではない。そういうのは好きではないし、本を、段ボールの空箱や薬の箱と一緒に奥のほうへ突っ込んでおく癖も抜けない。

そうして本を手に、ベッドカバーをめくった大きなベッドにかがみ込み、冷えびえした上等なリネンのシーツの皺を伸ばしていたときだ。中庭で、大きな呼び鈴の音がした。重々しく響き、非常識にも深夜の静けさを切り裂いて、ドキリとさせるような音。

「今のは、もしかして……」思わず声に出して、彼女は言った。

そして息をひそめ、わずかに口を開けたまま耳をすます。

次の音が、最初の音よりさらに大きく鳴り響く。

とっさにレアは、防衛本能と羞恥の念から、大急ぎでおしろいをはたいた。それからローズを呼ぼうとしたそのとき、玄関でドアがバタンと閉まり、ホールから階段へと足音が続いて、ふたつの声が混じりながら聞こえてきたのである。家政婦ローズの声と、もうひとりの声――そしてレアが気持ちを決める間もなく、乱暴に部屋のドアが開けられた。

シェリが、立っていた。目の前に、コートの前を開けて。中からタキシードがのぞき、頭に帽子をのせたまま、青ざめて、不機嫌そうに。

一歩入ると、彼は閉めたドアにもたれて、立ちつくした。そしてレアを見るでもなく、視線を部屋じゅうにさまよわせた。今にも敵に襲いかかられそうな男のようだ。レアは、まさにその日の朝、霧のなかの人影にひどく動揺させられたが、今はまだ、身づくろいの最中に邪魔された不快さ以上のものを感じてはいなかった。

彼女は部屋着の前を合わせ、櫛をしっかり挿し直すと、脱げたスリッパの片方を足で探した。頬は紅潮していたが、やがてその色も引いてくると、見たところ、もう平静だ。そのますっと顔を上げたときには、白いドアに黒ずくめで寄りかかっている若い男よりも、堂々と背も高く見えたほどだった。

「これが人の部屋に入るお作法？」強い口調で、彼女は言った。「せめて帽子を取って、『こんばんは』ぐらい言ったらどう？」

「こんばんは」シェリは横柄な声で言った。

そしてその声の調子に自分で驚いたらしく、周囲を先ほどより心ある様子で眺めた。するど微笑のようなものが、ふたつの目から口元へ下りていき、彼はもう一度、今度はやさしく言った。

「こんばんは……」

それから帽子を取って、二、三歩、歩いた。

「すわっていい？」

「どうぞ」とレア。

彼はスツールにすわり、立ったままでいるレアを見上げる。

「着替えてたとこ？　もう出かけない？」

出かけない、とレアは首を振り、彼から遠くにすわって爪磨きを取ったが、そのまま口をきかなかった。

彼はタバコに火をつけ、つけてから「吸ってもいい？」と訊いた。

「どうぞ」レアは冷淡に同じ言葉を繰り返す。

彼は口をつぐんで、うつむいた。タバコを持つ手がかすかに震えている。自分でもそれに気がつき、テーブルの端に手をのせる。

レアはゆっくりした動きで爪の手入れを始めたが、ときどきシェリの顔にすばやく目を走らせる。とりわけ伏せられたまぶたと、たっぷり長くて黒い睫毛に。

ややあって、ようやくシェリが口を開いた。

「ぼくにドアを開けてくれたのは、やっぱりエルネストだった」

「エルネストじゃいけない？　あなたが結婚したからって、使用人を変えなきゃいけないの？」

「そうじゃなくて……だから、言いたかったのは……」

ふたたび沈黙。今度はレアがそれを破る。

「そのスツールに長々と腰を据えるおつもりなのかどうか、うかがってもいいかしら？　こんな真夜中に、人の家に来るなんて非常識なことが、どうしてできるのかも訊いてないけど……」

「訊いていいよ」勢い込んで彼が言う。

彼女は首を振った。

「興味ないわ」

彼は床を蹴るように立ち上がると、レアに向かってきた。後ろでスツールが転がる。そして殴りかかるみたいに前のめりになったが、レアはまったく体を引かなかった。〈この世でいったい何をわたしが怖がるっていうの？〉そう思っていた。

「ああ！　何しにここへ来たかわかんないんだな？　何しに来たか、知りたいだろ？」

彼は乱暴にコートを脱ぐと、長椅子めがけて放り投げ、レアの顔の間近で勝ち誇ったように、それでいて押し殺した声で言った。

「帰ってきたんだ！」

レアは華奢《きゃしゃ》な爪切りばさみの刃を静かに閉じ、指を拭いたが、なおもはさみを触り続ける。シェリは、どさりと腰を下ろした。全精力を使い果たしてしまったかのように。

「そう」とレア。「帰ってきた。それはけっこう。誰に相談してのこと？」

「自分に」とシェリ。

今度はレアが立ち上がり、彼を見下ろす。鼓動は落ち着いていて、息も楽にできている。彼女は、しくじることなく勝負をつけたかった。

「どうしてわたしの意見は訊かないの？　あなたのことは昔から知ってるから、お行儀が悪いのもわかっているけど。あなた考えなかったの？——ここに来たら邪魔になるかもしれないって……誰かの」

頭を落としたまま、彼は部屋をぐるりと見回した。閉じられているドア、金属の鎧《よろい》をまとったベッド、贅沢に並んだたくさんの枕。目につく物、新しい物はひとつもない。

彼はただ肩をすくめた。レアは拍子抜けして、さらに言った。

「わたしが言いたいこと、わかるわよね？」

「すごくよく」とシェリ。「彼氏、まだ帰ってこないの？　今夜は外？」

「関係ないでしょ、坊や」レアは静かに言った。

彼は唇を嚙むと、いらいらと宝石皿にタバコの灰を落とした。

「そこに落としちゃだめ。いつも言ってるじゃないの！」レアの声が大きくなった。

「いったい何度言ったら……」

思わず昔のような口調になったのに気づいて、彼女はそこで口をつぐんだ。ところが彼は聞いてもいなかったようで、レアが旅行中に買ったエメラルドの指輪をじっと見ている。

「な……なにこれ？」彼は口ごもった。

「これ？　エメラルドよ」

「見えてるよ！　誰にもらったか訊いてるんだ」

「言ったってわからないわ」

「すてきだな！」吐き捨てるように、彼は言った。

その苦々しげな調子に、レアはすっかり力を取り戻し、もう少し脇道にそれたまま優位に立って楽しもうと考えた。

「そう、すてきでしょ？　これをしてると、どこに行っても褒められるの。台座も、ほら、こんなにきらきら輝いて……」

「もういい！」シェリは怒りのあまり、繊細な作りのテーブルに拳《こぶし》を打ちつけて怒鳴った。

衝撃でバラの花びらが散り、磁器のカップがすべり落ちる。が、分厚い絨毯に守られて、割れずにすんだ。

レアは電話に手を伸ばす。その手をシェリがぐっとつかんだ。

「どこにかける気？」

「警察」とレア。

彼はレアの腕を両方ともつかむと、いたずらっ子がじゃれるように、彼女を電話から遠くへ押しやった。

「ほらほら、大丈夫、冗談はやめてくれ！　あんたが大騒ぎしなければ、何の問題もないんだ……」

レアは腰を下ろすと、彼に背を向けた。彼は両手をむなしく開いたまま立ちつくし、拗《す》ねている子どものように、口を少し開けてふくれっ面をしている。黒い髪がひと房、片方の眉にかかっている。レアはそんな様子を鏡で盗み見ていたが、ふと彼が腰を下ろして、鏡の中から消えた。

今度はレアが、気づまりに思いはじめる番だった。背後から見られているのだ。背中はアラビア風のゆったりした部屋着で、さぞたっぷりと大きく見えることだろう。

レアは鏡台に戻ると髪を梳《と》かし、また櫛を挿し直し、いかにも何気なさそうに香水瓶を開ける。その香りのほうへ、シェリが顔を向けた。

「ヌヌーン！」彼は呼んだ。

レアは答えない。

「ヌヌーン！」

「あやまりなさい」振り返ることなく彼女が命じる。

彼はせせら笑った。「よしてくれよ！」

「嫌ならいいの。でも出て行って。今すぐ……」

「ごめん！」即座に彼が、つっけんどんに言う。

「もっと丁寧に！」

「ごめん」低い声で、彼は繰り返した。

「それでよろしい！」

レアは彼のところへ行くと、うつむいている頭をそっと撫でる。

「じゃあ、話して」

彼はびくっとして、やさしい手を振り払った。

「何を話せって言うんだよ。べつに込み入った話じゃない。ぼくはここに帰ってきた。

それだけだ」

「話してちょうだい。さあ、話して」

彼は椅子にすわったまま、膝に両手をはさんで、体を揺らしながらレアのほうを向いたが、焦点は合っていない。彼女にはシェリの白い鼻孔がぴくぴく動くのが見え、鎮《しず》めようとしているのに荒いままの息づかいも聞こえた。

「ね、話して……」

もう一度そう言い、あとは指先に少し力を入れて、押し倒すみたいにするだけでよかった。彼は叫んだ。

「大好きだヌヌーン！　大好きだヌヌーン！」

そして彼女にむしゃぶりつくと、その腿《もも》のあたりを抱きしめた。彼女はすわったまま、彼が床へすべり落ちていくのにまかせた。彼はすぐまた彼女に全身を絡ませ、涙をあふれさせながらあれこれ口走り、両手でレースやネックレスをまさぐって、部屋着の下の肩の曲線や、髪に隠れた耳の位置を探し求める。

「大好きだヌヌーン！　やっと会えた！　ぼくのヌヌーン、おお、ぼくのヌヌーン、この肩、この香り、このネックレス、ぼくのヌヌーン、ああ！　すげえ……。髪のちょっと焦げたこの匂いも、ああ！　すげえ……すげえよ……」

顔をのけぞらせ、まるで臨終の言葉のように、ため息まじりで朦朧《もうろう》と彼はつぶやいた。ひざまずいてレアを両腕で抱きしめ、前髪で陰になっている額や涙で濡れて震える唇、喜びの涙が流れては光る瞳をレアに捧げながら。

レアはしみじみと見つめるあまり、目の前の彼以外、何も見えなくなって、その彼にキスすることさえ忘れていた。だがやがて彼の首に両腕を巻きつけると、ささやく言葉のリズムに合わせて、やさしく抱きしめ返したのだ。

「わたしの坊や……悪い子……。やっと……やっと帰ってきた……。今度は何したの？ ほんとに悪い子なんだから……。わたしのすてきな坊や……」

彼は口を閉じたまま甘やかにうめいたが、あとはもう何も言わずレアのささやきに耳を傾け、その胸に頰を押し当てていた。そして祈りの言葉にも似たささやきが途切れると、「もっと！」とせがんだ。レアは、自分も泣き出しそうなのが怖くて、それまでと同じやさしいささやきで叱った。

「困った獣《けもの》……血も涙もない小悪魔……ほんとに意地悪な子、ね……」

彼は感謝の目で、彼女を見上げた。

「そう、ぼくを叱って。ああ！ ヌヌーン……」

レアは彼をもっとよく見ようと、少し押しやった。

「じゃあ、ずっとわたしを愛してた？」

彼は子どもが動揺したときのように、うつむいた。

「うん、ヌヌーン」

押し殺した、それでいて弾《はじ》けるような小さな笑いをこらえきれなくて、レアは、生涯で最も激しい歓喜に身をゆだねようとしているのを知った。抱き合ったまま倒れ込み、広いベッドで溶け合い、結ばれるふたつの体——断ち切られ、ふたつの肉体になって生きてきた獣が、ふたたび、ぴったりひとつになるように……。

〈だめ、だめ〉レアは思った。〈まだだめ、ああ！　まだだめよ……〉

「喉かわいた」シェリがため息とともに言った。「ヌヌーン、喉かわいたよ……」

レアはさっと立ち上がり、手で水差し《カラフ》がぬるくなってしまっているのを確かめると、いったん部屋を出てすぐに戻ってきた。シェリは床にうずくまって、頭をスツールに乗せている。

「レモネードを持ってきてもらうから」とレア。「そんなところにいないで。長椅子にいらっしゃい。このランプ、邪魔かしら？」

こうして甲斐甲斐《かいがい》しく世話をしたり命令したりするのが、レアはぞくぞくするほどうれしかった。そして長椅子の奥にすわると、シェリは彼女に寄り添うようにして、なかば横たわる格好になる。

「さあ、ちょっと話してちょうだい、そろそろ……」

そこへローズが入ってきて、話は中断された。シェリは横たわったまま物憂げに、ローズのほうへ顔だけ向けた。

「……おう、ローズ」

「こんばんは、だんなさま」控えめにローズは挨拶した。

「ローズ、明日の朝は九時に……」

「ブリオッシュとココアでございますね」ローズがかわりに言い終えた。

シェリは満ち足りたようにため息をついて、また目を閉じた。

「優秀だな！……ローズ、じゃあ明日の朝、ぼくはどこで着替えたらいい？」

「奥様の小部屋で」愛想よくローズは答えた。「ただ、ソファをどけなくちゃいけないかもしれません。洗面用具もまたご用意しますか？　前のように……」

ローズは目でレアに訊いた。レアは誇らしそうに長椅子にもたれかかり、「悪い子の坊や」がレモネードを飲んでいる上半身を支えてやっている。

「そうね」とレア。「まあ、そのときになったら、また様子を見て。今日はもういいわよ、ローズ」

ローズが行ってしまうと、あたりは静寂に包まれ、あとはそよ風のかすかなざわめきや、月の光を朝とまちがえた鳥の短い鳴き声が、聞こえるばかりだった。

＊＊＊

「シェリ、寝たの？」

シェリは猟犬のように大きく息をついた。

「ううん！　ヌヌーン、気持ちよすぎて眠れない」

「ねえ、坊や……ひどいことしてきたわけじゃないわね、むこうで？」

「うちで？　してないよ、ヌヌーン、全然。ほんとに」

「夫婦喧嘩したの？」

シェリは下から彼女を見上げた。信頼しきって頭を預けたまま。

「いいや、ヌヌーン。ただ出てきただけ。あいつはやさしいからさ、なんにもなかった」

「ああ！」

「でも彼女がなんにも考えてなかったかっていうと、どうだろう。ぼくが『孤児《みなしご》の顔』って呼んでる顔をしてたからな、今夜は。ほら、あのきれいな髪の陰で、やけに暗い目をして……。彼女の髪、すごくきれいなの知ってるだろ？」

「ええ」

彼女は小声でそっけなく答えただけだった。夢のなかで寝言を言っている人に返事をするように。

「なんかさ」シェリは続ける。「あいつ、ぼくが庭を横切るのを見たんじゃないかって気がする」

「え？」

「うん。ずっとバルコニーにいたから。白いつやつやのドレス着て。凍ったみたいな冷たい白のやつ。ああ！　きらいだ、あれ……。夕食のときからもう、ずらかりたくてたまんなかった……」

「ほんとに？」

「ほんとだよ、ヌヌーン。でもあいつが見たかどうかはわかんない。まだ月も出てなかったし。月はぼくが待ってたあいだに出たんだ」

「待ってたって、どこで？」

「あそこで。待ってたんだ、わかるだろ。確かめたいと思って。長いこと待ってた」

シェリは、漠然と大通りのほうに手を向けた。

「いったい何を？」

彼はいきなり身を離すと、少し遠くにすわった。そしてまた荒っぽい警戒心を顔に浮かべた。

「何をって、ここに誰もいないかどうか」

「ああ！　なるほど……あなたったら……」

優位に立った者の笑いを、彼女は抑えることができなかった。誰か別の愛人が、ここに？　シェリが生きているのに、別の愛人が？　考えるだけで馬鹿馬鹿しい。

〈なんてお馬鹿さん！〉舞い上がるような気持ちで、彼女は思った。

「嗤《わら》うの？」

シェリは彼女の前にすっと立つと、その額に手を置いて押しやり、顔を仰向けにさせた。

「嗤うの？　馬鹿にする気？　男が……男がいるんだな？　誰かいるんだな、あんた？」

言いながらシェリは次第に体を傾け、彼女の首筋を長椅子の背もたれに押しつけていく。彼女はまぶたの上に、ののしる彼の息づかいを感じたが、逃れようとはせず、額も髪も揉みくちゃにされるがままにした。

「言えよ、男がいるって！」

まばゆいばかりの顔が真上にある。彼女はめまいがしそうになって、まばたきをした。それからようやく、くぐもった声で言った。

「いないわよ、男なんて。あなたを愛してるもの……」

彼は手を離すと、いきなりタキシードのジャケットを、ベストを脱ぎ始めた。ネクタイはひゅっと飛んでいき、暖炉の上に置かれたレアの胸像の首に掛かる。そしてそのあいだも、長椅子にすわっている彼女の膝を自分の膝で押さえつけて逃がすまいとする。

上半身裸になったシェリを見て、彼女はたずねた。ほとんど悲しげに。

「お望み？……ん？……」

彼は答えなかった。目の前の快楽と、彼女をふたたび取り戻したいという欲望で夢中になっていたのだ。

彼女は屈服し、こまやかでまじめなすばらしい愛人として、若い恋人に仕えた。だがやがて、自分の敗北の瞬間が近づいてくるのを恐怖に近い思いで感じ取り、シェリを受け入れるのも責め苦のように耐えて、両手で力なく押しやったり、それでいて膝でぐっとつかまえたりし始める。そしてついに彼の腕をつかみ、かすかに叫ぶと、そのままあの深淵に落ちていったのである。やがて愛が、血の気をなくして寡黙に、死への哀惜に満たされて、ふたたび浮上してくるあの深淵に。

ふたりはそのまま抱き合っていた。どちらも何も言わず、長い沈黙が破られることなく続くなかで、ゆっくりとそれぞれの命がよみがえりだす。シェリの上半身はレアの脇腹からすべり落ち、彼はうなだれて目を閉じたまま頭をシーツにつけている。まるで愛人の上で刺し殺された男のようだ。彼女のほうは、反対側に自分の体を少しそらしながら、気づかいをするでもない彼の、ほぼ全体重を受け止めている。押しつぶされそうな左腕が痛くて、思わず低くあえぐ。シェリも首筋が痺《しび》れてきたのを感じる。

だがふたりとも互いに、敬意をこめて身じろぎもせず、次第に静まりゆく快楽の雷鳴が遠く去るのを待っている。

〈寝たのね〉レアは思った。あいているほうの手は、まだシェリの手首をつかんでいる。レアはその手首をそっと握った。膝には、彼の膝——完璧な形だとレアが知っているあの膝が、強く圧《お》しつけられて痣《あざ》になりそうだ。そして自分の心臓の上に、押し殺したような鼓動を規則正しく打つ、もうひとつの心臓……。あたりには花々の濃厚な甘さと異国の森の匂いを混ぜ合わせたような、シェリのお気に入りの香水が、執拗に、あざやかに香り立っている。

〈ここに、いる〉レアは心のなかでつぶやいた。目もくらむような全面的な安堵の気持ちに、全身が浸されていく。

〈この人は、もうずっとここにいるのよ〉心のなかで叫んだ。

思慮深い慎重さも、彼女の人生を導いてきた明るい分別も、成熟した年齢からくる屈従にも似た躊躇も、あきらめも、何もかもが愛の乱暴さとうぬぼれの前で後退し、消えていった。

〈この人がここにいる！　家を出て、きれいだけどつまらない若妻を残して帰ってきた。わたしのもとに、帰ってきた！　誰がわたしから彼を引き離せるっていうの？　さあ、早速、ふたりの生活の準備を始めよう……。彼は自分のしたいことがわかってないところがあるけど、わたしにはわかるもの。たぶん少し旅に出たほうがいい。逃げ隠れするわけじゃないけど、静かな環境で過ごしたいし……ゆっくりこのひとを見つめる時間もほしい。このひとを愛してるってわかってなかったころは、ちゃんと見ていなかったのね。このひとの気まぐれやわたしの望みも叶う、じゅうぶん広いところがいい……。だからわたしが考えよう、これからのふたりのことを——このひとは眠らせておいてあげて……〉

痺れて痛くなってきた左腕と、こわばってきた肩を慎重にそっと引き抜きながら、彼女は向こう側のシェリの顔をのぞいた。

彼は眠っていなかった。白目の部分がきらきら輝き、小さな黒い羽根みたいな睫毛は、まるで不規則に羽ばたいているかのようだ。

「あら、寝てなかったの？」

触れ合っている彼の体が、びくっと震えるのを彼女は感じた。それから一気にこちらを向いた。

「でもあんたも寝てなかったんだろ、ヌヌーン？」

そしてナイトテーブルのほうへ手を伸ばし、ランプをつけた。バラ色の光が大きなベッドいっぱいに広がって、レースの模様を浮き立たせ、たっぷりの羽毛でふくらんでいるキルティングのベッドカバーの上では、菱形一つひとつに陰の谷間ができる。シェリは横たわったまま、自分の休息の場、そして官能の駆け引きと楽しみの場がそこにあるのを改めて感じていた。レアは隣で片肘をつき、お気に入りのシェリの長い眉毛を撫でてやったり、髪を後ろに搔き上げてやったりする。額の髪がはらはらとさかんに落ちてくるシェリは、激しい風に吹かれて引っくり返された人のようだ。

そのとき、ホーロー製のつややかな時計が鳴った。シェリは急に起き上がると、すわった。

「何時？」

「さあ。時間がどうかした？」

「いや！　ただなんとなく……」

彼は短く笑ったが、すぐには横にならなかった。外では牛乳配達の最初の一台が、積み込んだガラス瓶をカリヨンの鐘[59]のように鳴らしていく。彼は大通りのほうへ、わずかに気を取られたような仕種《しぐさ》をした。苺《いちご》色のカーテンの間から、夜明けのひんやりした光が刀のように、そっと射《さ》し込みはじめる。

シェリはレアに視線を戻し、じっと見つめた。どうしていいかわからない子どもか、警戒している犬の目の色にも似た強く動かない視線で、その目の奥からは、読み取り不能の思いが湧き上がっている。なにしろそれは征服するための目であり、心の内を明かすような目ではないのだ。端整な形、ニオイアラセイトウ[60]の花のような濃い色合い、ときにきびしく、ときにやるせなさそうな輝き……。

そして肩はがっしりとたくましく、腰はほっそりと締まった裸の上半身が、打ち寄せた波のようにくしゃくしゃになったシーツから現れていて、全存在で、完璧な作品というものに特有の愁いを放っている。

「ああ！　あなた……」酔いしれたように、レアはため息をついた。

彼はにこりともしなかった。賞賛など、ただ受け流す癖がついている。

「ねえ、ヌヌーン……」

「なあに？」

彼はためらい、身震いしながらまばたきした。

「疲れた……。それに明日はあんた、どう……」

レアは、その裸の上半身と重たげな頭を、枕の上にやさしく押し戻した。

「いいから。寝なさい。ヌヌーンがここにいるでしょ? なんにも考えないで。眠るの。あなた冷えてるわ……。ほら、これ使って。あったかいわよ……」

彼女はベッドの上で、シルクとウールの女物の小さな衣類を拾うと、彼をくるみ、ランプを消した。そして暗いなか、彼にまた肩を貸し、脇腹も巧みにへこませて、自分の息に重なる彼の息づかいに耳を傾けた。もはやどんな欲望にも心を乱されなかったが、眠りたくはなかった。

〈彼が眠って、わたしは考えるのよ〉もう一度、そう思った。〈旅に出るのは、とても粋に、こっそりやろう。騒ぎを起こしたり人を悲しませたりするのは、最小限にというのがわたしのモットーだもの……。春がいちばん楽しいのは、やっぱり南仏かし

59 多数の鐘を配列した楽器。鐘楼に設置され、鍵盤や機械仕掛けで演奏される。
60 アブラナ科エリシマム属。名前のとおり香りがあってストックに似ているが、より野性味があり、主に黄色、オレンジ色の花が咲く。花言葉は「愛情の絆」「逆境にも変わらぬ誠」。

ら。自分のことだけを考えるなら、ここで落ち着いて過ごしたいけど、プルーの母親がいるし、若いマダムもいることだし……〉

夜のローブに身を包み、不安げに窓辺に佇む若い女の姿が浮かんだが、レアは公正な結果だと言うように、つれなく肩をすくめただけだった。

〈わたしにはどうにもできないこと。誰かが幸せなときは、ほかの誰かが……〉

黒くて絹のように艶のある頭が、彼女の胸の上で動き、彼――眠っている恋人は、夢のなかでうめいた。レアは思わず手を伸ばして、悪夢から守ってやろうとし、そのままやさしく揺すってやった。

彼がこのままずっと――目など見えず、思い出もなく、これからのことも考えず――ただ「駄々っ子の坊や」でいてほしい、もし可能だったなら自分で産んだ坊やのようであってほしい、と願いながら。

＊＊＊

だいぶ前から目ざめていたが、彼はじっとしていた。腕を曲げて頬をのせ、いま何時なのかと考えていた。外では澄みきった青空が、季節よりも早いぬくもりを大通りに降りそそいでいるのだろう。燃えるようなバラ色に染まったカーテンに、雲の影ひとつ射さないのだから。

〈十時ぐらいかな？……〉

ゆうべは食事らしい食事をしなかったので、空腹がこたえる。これが一年前なら跳び起きて、眠っているレアを揺さぶり、とろりとしたココアと冷たいバターが欲しいとわがままに騒いだのだろうが……。

彼はじっとしていた。少しでも動いたら、喜びの名残が――いま目で味わっている快楽が、霧のように消え去りそうな気がしたからだ。熾火《おきび》のようなカーテンのバラ色、空気までその色に染まった部屋、その中できらきら光るベッドの錬鉄や銅の渦巻き装飾……。水をたたえたクリスタルガラスの水差しのわきでは、虹色の光が揺れている。その色合いのなかに、ゆうべの大きな幸福も逃げ込み、溶けて、ほんの小さなものになってしまったように思われた。

階段の踊り場から、絨毯の上をそっと歩くローズの足音が聞こえてくる。中庭をはく箒《ほうき》の音も遠慮がちだ。遠く台所で、磁器の触れ合うかすかな音がしているのまで、シェリには聞こえた……。

〈今朝は時間のたつのが遅いな……〉彼は思った。〈さて、起きるとするか！〉

だが彼は、やはり動かずにいた。背中越しにレアがあくびをし、脚を伸ばしたからだ。そしてシェリの腰にやさしく手が置かれたが、シェリは目をつぶり、なぜかはわからないまま全身で偽って、ぐったり眠っているふりをした。

レアがベッドを離れるのを、彼は感じた。黒いシルエットになって窓辺まで行き、カーテンを半分開けるのも見ていた。レアは振り向き、彼を見つめると、ほほえみながらうなずいた。勝ち誇ったところはまるでなく、あらゆる危険《リスク》を引き受けようとする毅然としたほほえみだった。

彼女は部屋を出るのを急ごうとせず、シェリは目に光がひと筋入る程度、わずかに睫毛を上げただけの薄目でその様子をうかがった。

彼女は鉄道の時刻表を開き、指で時刻の列をたどっている。それから上を向き、眉を寄せて、時間を計算しているのだろうか。まだ粉もはたいていない顔、うなじに落ちた貧弱なひと房の髪、二重顎、衰えた首——そんな姿を不用意にも、自分からは見えない視線にさらしながら。

それから窓辺を離れると、引き出しから小切手帳を取り出し、何枚かにペンを走らせては切り取っていく。やがてベッドの脚元に白いネグリジェを置いて、音もなく出ていった。

ひとり残ったシェリは、長々と息をつき、レアが起きてからずっと息を殺していたことに気がついた。そしてようやく起き上がると、もう一度パジャマを着て窓を開けた。「ああ息が詰まった」彼はつぶやいた。なんとなくうしろめたいことをしてしまったような感覚と、気まずさが残っている。

〈寝てるふりをしたからか？ でも今までだってさんざん見てる、寝起きのレアなんて。それなのに、さっきぼくは寝てるふりをした……〉

まばゆい陽の光で、部屋はふたたびバラの花の色に染まっている。壁ではシャプランの絵の人物が、黄金色と銀色のやさしい色調に輝きながらほほえんでいる。

シェリはうつむいて目を閉じ、ゆうべの部屋の記憶をよみがえらせようとした。神秘的で、西瓜《すいか》の果肉のようにあざやかな色合いのなか、夢か幻のドームのように広がっていたランプの灯り、そしてなにより、足元をふらつかせながら耐えた強烈な昂《たか》ぶり、愛のあの歓喜……。

「起きてたのね！　すぐココアが来るわ」

何分かのあいだにレアは髪を整えて薄化粧をし、いつもの香水をまとっている。彼はそれに気がつき、ありがたく思った。と、部屋にあたたかみのある親切な声が響いて、よく焼いたバゲットの香ばしい匂いとココアの香りが広がった。

シェリは、湯気の立っている二客のカップのそばに腰を下ろすと、レアの手から、バターをたっぷり塗ったタルティーヌを受け取った。そして何か言おうと言葉を探したが、彼女は気にもとめなかった。シェリは日頃から口数が少なかったし、食べ物の前ではさらに内にこもった感じになるからだ。

一方、彼女はよく食べた。トランクの準備も終えて列車に乗るばかりという女のように、あわただしく、気を取られながらも陽気に。

「もうひと切れ、どうぞ、シェリ」

「いや、いい、ヌヌーン」

「もうお腹いっぱい？」

「いっぱい」

レアは笑いながら、指で脅すような仕種をする。

「じゃあ、ルバーブの下剤を二錠飲んでもらいますからね。逃げられないわよ」

シェリは、むっとして顔をしかめた。

「ねえヌヌーン、あんた他人《ひと》のことに、かまいすぎるところが……」

「あらまあ！ 他人のことじゃないでしょ。ちょっと舌を出してみて？ 出したくない？ じゃあココアのお髭を拭いて。ああだこうだ言わないで、大事なことだけ話しましょう。面倒なことは早くすませなくちゃね」

彼女はテーブルの上でシェリの手を取ると、両手で包み込んだ。

「あなたは帰ってきた。それがわたしたちの運命だったのね。わたしを信頼してくれる？ わたしはあなたを引き受けるわ」

そこで思わず言葉に詰まって、彼女は目を閉じた。自分の勝利に圧倒されたように。その顔に熱い血潮が上るのを、シェリは見ていた。

「ああ！」いっそう低い声で、彼女は続けた。「あなたにあげられなかったもの、言えなかったことを考えると……あなたをほかの人たちと同じか、ほんの少し大事なぐらいの、ちょっとしたゆきずりの人としか思っていなかったことを考えると……わたしはなんて馬鹿だったのかと思うわ。あなたこそわたしの愛する人、愛そのもの、一生に一度の愛だってことに、気がつかなかったとは……」

彼女が目を開けると、まぶたの影が映って、瞳はいっそう生き生きと青く見えた。

その息づかいが乱れている。

〈ああ！〉シェリは心のなかで切実に願った。〈たのむから何も訊かないで。ぼくに答えを求めないで。今はひとことだって無理だ……〉

彼女は、包み込んだシェリの手を揺さぶった。

「さてさて、きちんと話し合いましょう。さっき言ったかしら、ここは出ていくって。もう出発したって考えてみて。そしたらむこうのことはどうするつもり？　お金の問題はシャルロットにやってもらうのが賢明だわ。どうか気前よくね。で、むこうにはどうやって知らせる？　手紙かしら。ちょっと面倒だけど、長々と書いたりしなければうまくいくわね。一緒に考えましょ。荷物の問題もあるし——ここにもうあなたの物はないから……。こういう細々したことって、大きな決断ひとつするよりずっとめんどくさいけど、あんまり気にしないようにして……。足の親指の爪のまわり、そうやって薄皮をむくの、いいかげんにやめたら？　その癖のせいで爪が肉に食い込むのよ！」

彼は反射的に足を下ろした。自分自身の沈黙に押しつぶされそうになっており、レアの言葉に集中して耳を傾けるのにも疲れてきている。レアのほうは顔を輝かせ、楽しげで高圧的だ――彼は愛人をそう観察しながら、ぼんやり思った。

〈なんでこんなにうれしそうなんだ?〉

レアは、今度は老ベルテルミからヨットを買い戻そうかという話を一方的にしていたが、シェリからあまりに反応がないので、ふと黙った。

「ひとことぐらい意見を言えないものかしら? ああ! いつまでたっても十二歳みたいなんだから、あなたは!」

シェリはようやく我に返ると、額に手をやり、憂鬱そうなまなざしでレアを見つめた。

「ヌヌーン、あんたといると、ぼくは半世紀でも十二歳でいられそうだ」

レアは、まるでまぶたに息でも吹きかけられたように、何度もまばたきをした。ふたりの間に沈黙が広がった。

「それ、どういうこと?」やっとのことで、彼女は訊いた。

「言ったとおりだけど、ヌヌーン。ほんとうのこと。否定できる? 『正直な人』のあんたが?」

彼女は笑ってすませようとしたが、気ままにふるまおうとする陰には、すでに大きな不安が潜んでいた。

「でもその子どもっぽさが、あなたの魅力の半分でもあるのよね、お馬鹿さん！　これから先は、永遠の若さの秘密にもなるんでしょうよ。なのにあなたは文句を言って！……しかもわたしに文句を言うなんて！」

「そうだよ、ヌヌーン、ほかの誰に文句を言えばいいんだよ？」

彼は、レアが引っ込めてしまっていた手をもう一度握った。

「大好きなヌヌーン、ぼくのすばらしいヌヌーン、文句を言ってるだけじゃない、ぼくはあんたを責めてるんだ」

レアは、自分の手がしっかり握られるのを感じた。睫毛のつやつやした大きな暗い目が、視線をそらすかわりに哀れっぽく見つめてくる。まだ震えだしたりしたくないと、彼女は思った。

〈たいしたことない、たいしたことじゃない……。二言三言《ふたことみこと》きつく接すれば、乱暴な罵《ののし》りが返ってきて、あの子はふくれっ面になって、それをわたしが許してあげる……。それだけのこと……〉

彼の目の色がさっと変わるような、きつい戒めの言葉を今すぐ発したいのだが、うまくいかない。

「さあさあ、坊や……冗談にしても、わたしがあんまり受け入れられないのもあるって知ってるわね」

言いながら、声がこもって不自然な響きだと彼女は気がついた。

〈なんてまずい言い方……。これじゃへたなお芝居みたい……〉

午前十時半の陽の光が、ふたりを隔てているテーブルまで射し込み、磨かれたレアの爪をきらりと光らせる。だが光はその形のいい手も照らし、張りを失った手の甲や手首の、やわらかい皮膚に刻まれた複雑な網目や何重もの円、微小な平行四辺形まで浮き彫りにした。雨の後、深刻な干ばつに見舞われた粘土質の大地のようだ。

レアは何気なさそうに両手をこすりながら、シェリの注意を通りのほうへそらせようと窓のほうを向いた。だが彼は、哀れっぽい犬のようなまなざしをレアに注ぎ続けた。レアは手を見られたくなくて、ベルトの端をもてあそぶふりをしていたが、彼はいきなりその両手をつかむと、どちらにも口づけ、さらにもう一度口づけ、それから頬ずりしてこうつぶやいた。

「ぼくのヌヌーン……ああヌヌーン、かわいそうに……」

「離して！」レアはどうしようもない怒りに駆られて叫ぶと、手を振りほどいた。

一瞬の後、彼女は平静さを取り戻したものの、自分の弱さに慄然としていた。あやうく泣きだすところだったのだ。ようやく口がきけるようになると、彼女はこう言ってほほえんだ。

「今度はわたしに同情してくれるの？　じゃあ、さっきはどうしてわたしを責めたりしたのよ？」

「悪かった」慎ましく彼は言った。「あんたがぼくにとって、どんな存在だったか……」

そして、この後は彼女にふさわしい言葉を見つけられない、という仕種をした。

「だったか！」彼女は嚙みつくように、言葉尻をとらえた。「それじゃまるで弔辞じゃないの、坊や！」

「ほらね……」彼はとがめるように言った。

そして頭を振ったので、彼は怒らないのだとレアは悟った。彼女は体じゅうの筋肉に力を入れて、心の奥に繰り返し現れる二、三の言葉で自分を制御しようとした。

〈この人はここにいる。わたしの目の前に……ほら、ずっといるじゃないの……。手の届かないところじゃなくて……。でも、ほんとにいるの？　わたしの前に？　確か？……〉

ところが、思いはこのリズミカルな手綱を離れていき、内面の大きな嘆きが、お祓《はら》いがわりの言葉に取って代わったのだ。

〈ああ、戻してほしい、この人に『もうひと切れ、どうぞ、シェリ』って言ったあのときまで、わたしを戻してほしい。ついさっきのことよ、永遠に失われたわけじゃない、まだ過去になっていないでしょ！　あそこからもういっぺん、わたしたち二人をやり直させてほしい。あの後に起こったことなんて、起こったうちに入らない。消してしまいたい、全部水に流してしまいたい……。それでわたしは、何分か前のところからこのひとに話しかけるのよ。そう、旅に出ることとか、荷物のこととか……〉

実際にレアは口を開き、話しだした。

「わかった……わかったわ。だらしなくて、二人の女を混乱させるようなひとなんて、一人前の男としてつき合えないってことが。わたしがわかってないとでも思った？　旅にしても短いほうがいいわけね、そうでしょ？　昨日はヌイイ、今日はここ、で、明日は……どこにいるのよ、明日は？　ここ？　いいのよ坊や、嘘つかなくても。有罪の判決を受けたみたいなそのお顔、わたしよりおめでたい女でもだまされないわよ。あっちにひとり、そういうのがいるとしても……」

そして身ぶりで乱暴にヌイイのほうを示したが、その拍子にお菓子を入れた椀皿を引っくり返し、シェリがそれを直した。

話せば話すほど、彼女の胸の痛みは募り、やがてそれは攻撃的で嫉妬深く焼けつくような悲しみ、やたらにしゃべる若い女のような悲しみに変わっていった。今や頰紅はワインの澱《おり》のような赤紫色になり、コテで巻いた髪もひと房ほつれて、うなじに干からびた小さな蛇が垂れているみたいだ。

「あっちの方《かた》だって――あなたの奥さんだって、あなたが帰る気になったときにいつもいるわけじゃなくなるわ！　女はね、坊や、どうしてその気になるのかよくわからないものだけど、どうしてすっかりいやになるのかは、もっとわからないものなのよ！……シャルロットに見張らせてるんでしょ、あなたのあの方、ちがう？　いい考えよねえ！　ああ！　いつか笑ってあげるわ、もし……」

シェリが立ち上がった。青ざめ、本気で。

「ヌヌーン！……」

「なにがヌヌーン？　なにがヌヌーンよ！　わたしが怖がるとでも思ってるの？　ああ！　ひとりで行きたいのね？　行きなさいよ！　マリー＝ロールの娘とあちこち旅をすればいい！　腕をだらんとさせてるだけでお尻もぺちゃんこ、それでもまあ……」

「やめろ、ヌヌーン！……」

彼はレアの両腕をつかんだが、レアは立ち上がってその手を力いっぱい振りほどくと、しゃがれた声で笑いだした。

「そうよねえ！『やめろ、ぼくの妻を悪く言うのは！』でしょう？」

彼は激しい怒りに震えながら、ぐるりとテーブルをまわってレアに詰め寄った。

「ちがう！　やめろ――いいか、よく聞け――やめろ、ぼくのヌヌーンを傷つけるのは！」

レアは部屋の奥のほうまで、口ごもりながら後ずさりした。

「なんですって？……なんですって？……」

シェリは彼女を懲《こ》らしめようとするかのように、後を追った。

「そうだ！　それがヌヌーンの言うことか？　なんだそのしゃべり方は？　ろくでも

ない汚らしい罵り、それじゃまるでマダム・プルーだ。あんたがそんなふうに、ヌヌーン、あんたが！……」

彼は誇らしげに頭をそらせた。

「ぼくは、ぼくは知ってる、ヌヌーンの言うことを！　考えることもだ！　長いあいだにわかるようになったんだ。あんたがこう言ってくれた日のことを忘れちゃいない。あいつと結婚するちょっと前だった。『とにかく、意地悪になっちゃだめ……。つらい思いをさせないようにね……。なんだか牝鹿《めじか》を猟犬にやるような気分だわ……』そう言ったんだよ！　これがあんただ！　それから結婚式の前の日、あんたに会いにぼくが抜け出してきたときには、こう言ったのも覚えてる……」

彼は急に声を詰まらせたかと思うと、思い出の炎で顔じゅうを輝かせた。

「ああ大好きだ、ね……」

そしてレアの両肩に手を置いた。

「ゆうべだって」彼は続ける。「真っ先に心配して訊いてくれたのは、むこうでひどいことをしてこなかったかってことだっただろ？　ぼくのヌヌーン、ぼくが深く知るようになったあんた、愛するようになったあんた、つき合いはじめたころのあんたは、すてきな人だった。それが、もう終わりにしなくちゃならなくなったら、ほかの女たちと同じようになるっていうのか？……」

レアは、称賛の裏にある男のずるさをなんとなく感じて、両手で顔を覆いながらすわり込んだ。

「ひどいわよ、ひどい……」彼女は口ごもった。「どうしてまた来たのよ？……わたしはあんなに静かに、あんなにひとりでいて、それになじんで……」

言いながら、それは嘘だと感じて、彼女は言葉を切った。

「そうじゃなかったんだ、ぼくは！」シェリが言い返した。「ぼくがまた来たのは、それは……それは……」

彼は両腕を広げたかと思うと、そのままだらりと下ろし、また広げた。

「それはもう、あんたなしでいられなくなったからだ。ほかになんの理由もない」

ふたりは一瞬、黙り込んだ。

彼女はぐったりしながらも、じれったそうにしているこの若い男を見つめていた。カモメのように真っ白で、かろやかな足に腕を広げて、今にも飛び立ちそうではないか……。

一方、彼女の頭上には、シェリの暗いまなざしがさまよっていた。

「ああ！　自慢してくれよ」急に彼が言った。「得意になってくれ。特にこの三か月、あんたのおかげでぼくがどんな生活を……どんな……」

「わたしの？……」

「あんた以外に誰のせいだっていうんだよ？　ドアが開けばヌヌーンかと思う、電話が鳴ってもヌヌーンかと思う。庭の郵便受けに来た手紙も、ヌヌーンからかもしれないって……。ワインを飲んでるときでさえ、あんたのことを探してた。でもここで飲んだポメリーが出てくることは、一度もなかった……。夜なんか、だから……ああ！　まったく！」

彼は絨毯の上を、音も立てずに何度もせかせかと行き来した。

「はっきり言えるよ、女のために苦しむってのがどういうことか、わかったってね！　今じゃあんたの後の女たちを待ってみたって……そんなのゴミみたいなもんだ！　ああ！　あんたはなんてうまくぼくを中毒にしたんだ！　あんたの中毒に……」

彼女はゆっくり身を起こすと、行ったり来たりするシェリの動きをその場で追ったので、上半身だけが右へ左へと動いた。乾燥した頬骨のあたりは熱っぽく真っ赤に光り、そのため青い視線は受け止められないほどだ。

彼はうつむいて歩き回りながら、とめどなくしゃべり続ける。

「そう、あんたのいないヌイイ、旅行から帰ってきた最初のころ！　何をするにもあんたはいなくて……気が変になりそうだった。ある晩、あいつが病気になって、えっとなんだったかな、痛がって、頭痛だったかな……。かわいそうだったけど、ぼくは部屋を出た。そこにいたら、きっとこう言わずにはいられなかっただろうから。『待ってろよ、泣くな、今ヌヌーンを呼んでくる。そしたらきっと治してくれるから』でも呼んだらきっと、ほんとに来てくれただろ、ヌヌーン？……ああ！　まったく、あの生活……。

ホテル・モリスにいたときは、デスモンを呼び寄せて、たっぷり金も払って、夜はときどき話を聞いてもらった。やつがあんたのことを知らないみたいにさ、『なあ、あんな肌ってどこにもないよ……』とか、『おまえの丸いカボションカットのサファイア、自慢だろうけど、彼女の前では隠しといたほうがいいぜ。あの青い目は、光に当たっても灰色にくすんだりしないんだから！』とか。あんたがその気になったらどんなに手ごわいか、ぼくだけじゃなくて誰も勝てないだろう、なんて話もしたな……。

あと『彼女が、うん、自分にぴったりの帽子をかぶったときの——ほら、羽根のついてるマリンブルーのやつだよ、ヌヌーン、いつか夏にかぶってた——全身の着こなしときたら。どんな女を隣に立たせても、逃げ出すね！』とか。それからあんたのみごとな話し方、歩き方、ほほえみ、洗練された身のこなし、ぼくはデスモンに言ってやった。『ああ！　ほんとうにすごいんだ、レアっていう女は！』」

彼は、それが自分の女だという誇りでパチンと指を鳴らしたが、不意に息苦しそうになると、しゃべるのも歩くのもやめた。

「こんな話、どれもこれも、ほんとはしなかったんだよ、デスモンに」物思いに沈むように、彼は言った。「だけど今のは嘘じゃない。デスモンもわかってくれてた」

そして話し続けようと、レアを見た。

レアはなおも耳を傾けていた。いつのまにか背筋をまっすぐにしてすわっており、射し込む陽をいっぱいに浴びて、やつれたままの、でも気品ある顔を彼に向けていた。焼けつくような涙の跡が乾いて、幾筋も光っている。見えない重荷で顎と頰はたるみ、唇の端は悲しみに震えている。だが、そのように衰えた美のなかにも、シェリは見出したのだ。きりりとした鼻と、青い花のような色の瞳はそのままだ、と……。

「というわけで、ね、ヌヌーン、そういう生活を何か月もした後に、ぼくはここへ来て、そしたら……」

彼は口をつぐんだ。あやうく言いそうになったことに、自分でもたじろいで。

「ここへ来て、そしたら、年老いた女がいた」弱々しいが落ち着いた声で、レアが言った。

「ヌヌーン！　おい、ヌヌーン！……」

彼は突然ひざまずくとレアに身を寄せたが、その顔には、失態を取りつくろう言葉を見つけられなくなった子どものような怯えが広がっていた。

「年老いた女がいた」レアは繰り返した。「で、何を怖がってるの、坊や？」

そしてシェリの肩に腕をまわしたが、その肩はすっかりこわばっていた。彼女を傷つけたことで苦しみながらも、自分を守ろうとする体のこわばりだった。

「さあ、わたしのシェリ……何を怖がってるの？　わたしを傷つけたから？　泣かないで、あなた……。傷つくどころか、あなたにはどんなに感謝しているか……」

彼は抗議のうめき声を上げ、力なくもがいた。乱れたその黒い髪に、レアは頰を押し当てた。

「そんなふうに言ったの？　そんなふうに思っていてくれたの？　あなたの目には、わたしがそんなに美しく映ってたのね？　そんなにやさしく？　もう人生が終わる女もたくさんいるような歳で、わたしはあなたにとって誰よりもきれいな、女の中の女で、しかも愛してくれてたのね？　なんてありがたいことなのかしら、わたしのいとしい人……。誰より洗練された、って言ってくれた？……哀れな坊や……」

彼はぐったりと体を預け、彼女はそれを両腕で抱きとめた。

「もしわたしがほんとに洗練されていたなら、あなたを一人前の男にしてあげたはず。あなたの体の――わたしのものだけど、快楽ばかり考えたりせずに。誰よりも洗練された、だなんて、いいえ、わたしはそうじゃなかった。だってあなたを放さなかったんだもの。そして今では、もう遅い……」

彼はレアの腕のなかで眠っているように見えたが、固く閉じられたまぶたは細かく震え続け、動かぬ手は部屋着にしがみついて握りしめられたまま、ゆっくりその生地を引き裂いていた。

「もう遅い、もう遅いのよ……。それでも……」

レアは彼の上にかがみ込んだ。

「いい？　聞いて。目をさまして、あなた。目を開いてよく聞いて。怖がらずにわたしを見て。それでもわたしは、あなたが愛した女、ね、女の中の女……」

彼は目を開けた。涙で濡れた瞳には、早くも身勝手ですがるような希望が広がっていた。

レアは顔をそむけた。

〈この目……。ああ！　早く片づけてしまおう……〉そして頰をシェリの額に押し当てた。

「あなたにこう言ったのは、たしかにこのわたしだったのね、坊や。『無意味な意地悪をしちゃだめよ。牝鹿さんを大事にしてあげなさいね……』わたしはもう覚えてないけど、幸いあなたが覚えていてくれた。あなたはわたしから離れるのが、ちょっと遅かったのよ、駄々っ子坊や。わたしが長く背負いすぎたのね。おかげであなたが背負う番になったら、重いでしょう――若い奥さんにしても、ひょっとしたらこれから子どもも……。

あなたに欠けてるものは、全部わたしに責任があるわ……。ええ、そうよ、あなた。わたしのせいで、二十五歳というのにこんなに浮ついていて、甘やかされてわがままで、それでいて内面は暗くて……。あなたのことがとっても心配。これからもあなたは苦しむだろうし――人を苦しませもするだろうし。わたしを愛してくれたあなたなら……」

ゆっくり部屋着を引き裂いていた手に、ぎゅっと力がこもったかと思うと、レアは、乳房に駄々っ子坊やの爪が立てられたのを感じた。

「……わたしを愛してくれたあなたなら」ひと息おいてから、彼女は続けた。「できるはずよ……。どう言えばわかってもらえるかしら……」

彼が続きを聞こうと身を離したので、レアは思わず叫ぶところだった。

〈もういっぺん胸に手を置いて、跡がついたとおりに爪を立ててよ。あなたの体が離れたとたん、力尽きてしまいそうなんだから!〉

そして目の前にひざまずいている彼に、今度は彼女がもたれかかって話し続ける。

「わたしを愛してくれたあなたなら、これからは懐かしんでくれるあなたなら……」

レアはほほえみ、彼の目を見つめた。

「あら、うぬぼれかしら!……でも、わたしを懐かしんでくれるあなたなら、あの牝鹿さんをいじめたくてたまらなくなっても、我慢してほしいの。あれはあなたの財産であり、あなたに責任があるんだから。で、そういうとき、わたしがあなたに教えられなかったことは、全部自分で考え出すのよ……。

あなたと将来の話をしたことは、一度もなかったわね。ごめんなさい、シェリ。わたしがあなたを愛したのは、いつも一時間後にお互い死んでもいいぐらいの気持ちでだった。わたしは二十四年も先に生まれて、そう運命づけられていたのに、そこにあなたを巻き込んだ……」

彼はじっと耳を傾け、きびしい顔になっている。レアはその不安そうな額に手を置いて、刻まれた皺を消してやろうとする。

「ねえシェリ、わたしたちがいっしょにアルムノンヴィル[61]にお昼を食べにいくところとか、リリねえさん夫妻を招待しているところ、想像できる？」

レアは悲しげに笑うと、身震いした。

「ああ！　あのおばあさんと同じように、わたしももうおしまいなの……。さあさあ、早く、自分の若さを探しに行きなさい。あなたの若さは大人の女たちに少しすり減ら

61　ブーローニュの森のなかにある瀟洒なレストラン。

されたけど、まだじゅうぶん残ってる。あなたを待ってるあの子にも、たっぷり残ってる。で、味わったでしょ、若さの味を！　それで人は満たされるわけではないけれど、やっぱりそこに戻っていくものよ……。ねえ！　あなたが比べてみるようになったのは、ゆうべからってわけじゃないでしょ……。いやだわ、わたしったら何を言ってるのかしら。お説教したり、いい人ぶってみたり。あなたたちふたりについて、何を知ってるっていうの？

でもあの子はあなたを愛してる。だから今度はあの子が不安に震える番よ。苦しむだろうけど、それは男を愛する女としてであって、道を誤った母親としてではないんだわ。あなたはご主人として話すのよ。気まぐれなジゴロなんかじゃなくて……。さあ、さあ早く……」

切迫した口調で、彼女は懇願していた。その前に毅然と立って、彼は聞いていた。裸の胸、乱れた髪。彼女は思わず気をそそられて、彼のほうへ両手を伸ばしそうになったが、それを制止するように手を組んだ。そうなるかもしれないと感じていたのか、彼は身をそらさなかった。ふたりの間に愚かな希望が——たとえば塔から落ちていく人たちに、空中でほんの一瞬宿るのかもしれないような希望が、輝き、そして消えていった。

「行きなさい」低い声で彼女は言った。「あなたを愛してる。でももう遅すぎるの。出ていって。今すぐ。身支度して」

彼女は立ち上がると、彼の靴を持ってきた。それから皺くちゃになったシャツと靴下も並べた。彼はまごつき、指がかじかんでいるかのように、ぎこちなく手を動かすばかりだ。サスペンダーとネクタイも、彼女が探してやらなければならなかった。だが彼に近づこうとはせず、着るのを手伝うこともなかった。彼がひとつずつ身につけていくあいだ、彼女は車でも待っているように、何度も中庭のほうを見た。

着てしまうと、彼はいっそう蒼白になっており、疲労の隈《くま》で目がどんより大きく見えた。

「大丈夫？　具合悪くない？」彼女は訊いた。そしてうつむき、おずおずと付け加えた。

「いいのよ……休んでいっても……」

だがすぐ我に返り、まるで彼に危険でも迫っているように、気を取り直したのだ。

「だめだめ、家に帰ったほうがいい……。早く帰りなさい。まだお昼前だから、熱いお風呂に入ればすっきりするわ。それから外の空気を吸って……。手袋、忘れずにね。ああ！　ほら、帽子はそこに落ちてるじゃないの……。コートを着なさい、外はきっと寒いから。さよなら、わたしのシェリ、さようなら……。そう……シャルロットに言うのよ……」

そして彼の目の前でドアを閉めた。絶望からのむなしい言葉が、静寂に飲み込まれた。シェリが階段でつまずいた音が聞こえて、彼女は窓辺に駆け寄った。彼は玄関の外の石段を下り、中庭の真ん中でふと足を止めた。

「戻ってくる！　戻ってくるんだわ！」両腕を振り上げて、彼女は叫んだ。

縦長の鏡のなかで老女がひとり、息をはずませながら、うれしげな身ぶりを繰り返している。この少しおかしい女と自分に何か関係があるのかしらと、レアはぼんやり思った。

シェリは通りのほうへ歩きだし、鉄格子の門を開け、外へ出た。そして歩道を進みながら、前日着ていたものを隠そうとコートのボタンを留めた。

レアは、カーテンを持ち上げていた手を下ろした。だがその瞬間、見たのだ。シェリが、春の空や花ざかりのマロニエの木々に向かって顔を上げ、歩きながら、まるで脱走に成功した者のように、胸いっぱい息を吸いこむのを。

解説

吉川 佳英子
（フランス文学者）

『シェリ』（一九二〇）の主人公レアは四九歳。レアの年齢はなんとも微妙ではないだろうか。ひょっとすると、「死」を視野に入れ始める年齢であり、人生の円熟を遂げつつ自身の生きたあとを振り返る時期かも知れない。

一九一二年のパリという舞台設定で、この年齢の女性を主人公に据えるシドニー=ガブリエル・コレット（一八七三—一九五四）は、大胆そのものと言わざるを得ない。なにしろレアは高級娼婦あがりの美女で、二四歳年下の恋人がいるのだ。こういう人物設定そのものが、コレットはただ者ではないという印象を私たちに与える。コレットとは一体どういう人物なのだろう。

1．シドニー=ガブリエル・コレット

『青い麦』（一九二三）、『ジジ』（一九四四）などの作者コレットは、官能の鼓動を簡

潔な文体で描く恋愛心理小説家として知られる。ブルゴーニュ地方サン゠ソヴール出身。彼女の人生は波瀾万丈で、ややもすると、彼女の小説の内容以上に刺激的である。コレットは二〇歳で一四歳年上の小説家アンリ・ゴーチエ゠ヴィラールと結婚。早くから彼女の文才を見抜いていた夫は、若い女主人公が活躍する『クローディーヌ』シリーズを夫婦で合作する。ただし彼は、自分のペンネームである「ウィリー」でこれを発表してしまう。コレットはゴーストライターとして書き続けることに。浮気者の夫とは、一九〇六年に離婚。ひとりで生活していかなければならなくなったコレットは、パリのミュージック・ホールの舞台に立つことになる。一九一二年、ちょうど盛況だったバタクラン劇場で、オペレッタ『恋する猫』に出演している。パントマイムを演ずるなどして生活の糧を得ていたが、舞台ではレズビアンの愛人ベルブーフ侯爵夫人（ナポレオン三世の血縁）と大胆に共演し、当時、大いに物議をかもした。同じ年、ル・マタン紙編集長のアンリ・ド・ジュヴネルと再婚したのち、『シェリ』（一九二〇）を発表する。一九二一年頃、コレットは親子ほども年の離れた義理の息子ベルトランと恋愛関係になってしまう。『シェリ』のレアが妙にリアルなわけだ。義理の息子との関係が取りざたされ、結局、再度の離婚となる。

ところで、コレットと同時代の作家にマルセル・プルースト（一八七一―一九二二）がいる。プルーストは早くからコレットの才能を評価していた。彼はコレットの『踊り子ミツ』（一九一九）を読んでいるし、『シェリ』もたいそう気に入った。プルーストとコレットは、一九二〇年九月二五日、ともにレジオン・ドヌール勲章第五等シュヴァリエ章を授かった。ブルジョワの芸術サロンで知り合い、大衆芸術を愛好するなど、彼らは当時の風俗を共有している。

一九三五年には、今度は作家でジャーナリストのモーリス・グドケと結婚。彼はコレットより一六歳年下である。グドケは第二次大戦中、ナチスのゲシュタポに連行されるなど、コレットも戦争の行方と無縁ではいられなくなる。

このように奔放に生きたコレットであるから一九五四年死去の時に国葬にするか否かにも賛否両論が巻き起こったが、最終的に国民葬が営まれ、パリのペール＝ラシェーズ墓地に眠ることになった。

ジャン・コクトーやココ・シャネルとも実際に交流のあった彼女の人生は、ちょうどパリの華やかな「ベル・エポック」を、たくましくも自由に生き抜いた一生であった。

2. レアとシェリ

　さて、コレットの作品は、多分に自伝的色彩が濃い。作者の奔放な人生が登場人物の一部として、小説中に取り込まれている。『シェリ』はコレットが四七歳の時の作品で、そういう意味ではレアにとても近い。先に少し触れたように、コレットの経験が主人公レアに投影され、レアはかなりの割合でコレットの人生を生きている。

　小説冒頭のレアとシェリの真珠のネックレスのシーンは、コレットの筆の冴えを感じさせるが、これも作者の義理の息子ベルトランとの恋愛経験がそうさせたのだろうか。ベッドの中で、レアのネックレスをいじくるシェリのエピソードには、「四九歳」という彼女の年齢が巧みに織り込まれている。少し引用してみよう。


「どうしてくれないの？　ぼくにも似合うのに。……っていうか、ぼくのほうが似合うよ！」

　カチリと留め金をはめたとたん、ベッドのなかでレースが揺れ動いて、むき出しの両腕が現れた。すらりとして手首の華奢《きゃしゃ》なうっとりするような腕、そしてその先の、気だるそうできれいな手が。

「返して、シェリ、もうじゅうぶん遊んだでしょう」

「まだ楽しんでるんだよ……。ぼくが盗《と》るとでも思ってる?」

（6―7頁）

「そりゃそうだよ！　世間が言うことなんか超越してるからね、ぼくは。そもそも馬鹿げてるじゃないか。男が女から、タイピンで真珠ひとつ、カフスでふたつもらうのならよくて、五十個もらったら恥だなんて……」

「四十九個」

「ああ、四十九個ね、知ってるさ。で、どう？　言ってよ。これぼくに似合わない？　おかしい？」

（8―9頁）

二五歳の若者シェリは、レアのネックレスを玩具《おもちゃ》のようにもてあそぶ。レアのお気に入りで、彼女がつねに身に付けている四九個の真珠の球を、彼は子供のようにいじくり回して欲しがる。若さあふれる屈託ないシェリにもてあそばれるのは、真珠のネックレスか、あるいはレア自身か。まさに象徴的なシーンと言えよう。レアはシェリにいいように扱われてしまう。この点がまさにレアのつらいところ。これだから、レアはシェリなくしてはおれなくなったのだ。

二五歳のこの若者に振り回されるのは他でもない、かつての名うての高級娼婦、恋愛のプロである。シェリは、同じく高級娼婦であったマダム・プルーに、とことん甘やかされて育った放蕩息子で、レアはいちおう彼の教育係ということになっている。しかし、実際はシェリのペースに巻き込まれ、長々と関係を続けてしまっている、といった具合だ。

3. 高級娼婦

高級娼婦は、おもに第二帝政からベル・エポックの時期にパリの裏社交界で花形だった美女たちで、主として高い身分の者、有力者などを客とし、多額の対価を求めた。彼女たちはしばしば相手を選ぶ権利を有していて、エスプリがきいた話術に長《た》け、文学、音楽、美術などの教養も身につけていた。デュマ・フィス『椿姫』（一八四八）

のマルグリットや、ゾラ『ナナ』(一八八〇)の主人公、あるいはプルースト『失われた時を求めて』(一九一三―一七)のオデットを思い起こそう。

ただ彼女たちの要求する対価というのが法外で、しばしば貴族たちは自分の財産を失う危機を経験した。そのため高級娼婦が、社会からだんだん退けられるようになり、かつ女性の人権が問題にされる社会の空気とあいまって、高級娼婦の存在は次第に希薄になっていった。

とはいえ、華やかな一時代を築いた高級娼婦たちには、ノスタルジックな思いとともに、数々の密やかな思い出が去来する。レアとて同じで、日常の何気ないシーンで、かつての男たちの影を頭に思い描く瞬間は少なくない。小説世界が一時代の終わりからスタートしている構造ゆえに、作品全体を取り巻く空気のやるせなさは、かつての華々しさの余韻なのであろう。宴の終わりを身にまとうレアと、そんなことを知るはずもないシェリの組み合わせには、もともと年齢の差以上の距離が存在しているのである。

ただし彼女たちの生活設計は、なかなかしっかりしている。とりわけマダム・プルーは、つねに金の算段が頭から離れない。彼女たちは引退後も連絡を取り合い、たまにお茶を飲みながら情報交換を絶やさない。レアは引退後は、自分の屋敷で気に入った使用人たちと気楽に暮らしている。一人ならば十分にやっていける財を築いてしまっているのだろう。

レアはこのように、かつての華やかな時代の名残りと、人生の後半にさしかかった戸惑いを身にまとっているけれども、決して弱々しい存在ではない。シェリの結婚を直前にしても、言うべきでないことは言わない。

別れを前に感きわまりそうだった一瞬を、こんなにもなにげなさそうに押し殺し、切り抜けたこと、けっして言ってはならない言葉――〈もっと何か言って……せがんで……求めて、しがみつきなさいよ。あなたはわたしを幸せにしに来るの、これからも……〉――そんな言葉をこらえたことに、誇りを感じながら。

（94―95頁）

彼女が長年の経験から身につけたものなのか、もともとの精神の強さからなのか、このような尋常でない状況においてさえ、堰止めねばならないものを漏らすことはしない。うかつに口にしない自己抑制はあっぱれなのである。もちろん人知れず実は、もがき苦しんでいる。

　すると突然、強烈な何かに撃たれて、レアは唇を歪ませた。一瞬、体に異変でも起きたのかと思ったが、荒い息にはやがてすすり泣きが混じり、泣きながらレアはかすれた声で叫んだのである。

「シェリ！」

涙は後から後からあふれて、すぐには抑えることができなかった。

（112頁）

とはいえレアはすぐに冷静さを取り戻す。そんな彼女を支えているのは、言うまでもなく彼女のプライドである。プライドに急き立てられるかのように、周りに多くを告げることなく、レアは早々に南仏に旅立つ。

4．プライド

彼女のプライドは、混乱を極める別れのシーンにおいても彼女の背中を押す。ある夜、シェリは、突然レアを訪ねる。よそよそしい会話を交わした後、二人は互いを確認する。しかし、翌朝互いの考えの違いに気づいてからは、二人の関係は取り返しがつかなくなる。

「行きなさい」低い声で彼女は言った。「あなたを愛してる。でももう遅すぎるの。出ていって。今すぐ。身支度して」　（277頁）

最後は男を突き放す。潔いほどに。

しかし、シェリの妻エドメの若さを充分、認識するレアのいら立ちは、どうにも抑えることができない。「若さ」というのは、どうすることもできないことなのだ。一時的であるにせよ、レアは、家庭を放り出して戻ってきたシェリと一緒に旅に出ようと、そして二人の今後の生活を計画しようと、小切手帳の準備までした。それでも実現には至れない。実際、レアは自分の「老い」を乗り越えることはできないのだ。できるのは強がること、とことん自己にこだわることなのだ。

ところで、自己にこだわり、自分の納得のいく生き方を模索するレアのようなあり方は、二〇世紀のはじめであることを思えば、女性の生き方として、かなりラディカルなものであるだろう。もっとも高級娼婦あがりのレアが当時の一般の女性の意識と、かなりかけ離れたものを持っていたとしても驚くには値しない。そしてそういう意識は、「心の求めるままに生きるわ」と語った作者コレットの心意気に大いに通じる。コレットは男装に興じ、自ら表現者として舞台に立つなど、自由奔放に生きたのだ。

自己にこだわり、自ら納得して生きる生き方は、おそらく今日の「多様な生き方」を支える基本的な精神のあり方なのであろう。もちろん自分自身だけではなく、他人の生き方にも理解を示し、それを認めて受け入れる。「多様な生き方」を支持する精神的な価値観は、たぶん自己の肯定、コレット流に言えば「心の求めるままに生きる」ということなのだろう。そう考えるなら、レアの生き方は大いに今日に通じるものである。それどころか、時代の精神の価値観を先取りし、二〇世紀のパリで早々に実現してみせている。そう、レアは確かに時代を先取りし、二一世紀にいても少しも違和感のない生き方を展開していると言えるだろう。

5. 続編『シェリの最後』

さて、先に「老い」はすべての人に等しくやって来るゆえに、これを乗り越えることはできないことに触れたが、「老い」を文学作品のテーマとして描く小説は少なくない。ただ男性作家が女性の「老い」について描くものは多いのだが、もともと女性作家の数が少ないこともあり、女性作家による女性の「老い」描写はさほど多くない。女性の「老い」はまず何より、その身体をとおして描写される。

[…]まだ粉もはたいていない顔、うなじに落ちた貧弱なひと房の髪、二重顎、衰えた首――そんな姿を不用意にも、自分からは見えない視線にさらしながら。（254頁）

これはシェリの目に映った起きぬけのレアの姿である。シェリは眠ったふりをして、レアの老いた姿を眺めていた。レアはなかなかリアルに描写されているが、もっと辛辣に描かれている箇所がある。
実は『シェリ』の続編に『シェリの最後』(一九二六)という作品がある。そこでレアは六〇歳くらいの女性として再登場する。引用してみよう。

レアが怪物じみているというのではなかった。しかしとにかく大きくて身体のあらゆる部分にたっぷりと肉がついていた。丸々とした腿《もも》のような腕は、腋の下の肉づきが邪魔してか、腰からはなれているのだった。無地のスカートにこれといった特徴のない長い上着、その合わせから下着の胸飾りがのぞいており、自然のなりゆきで女らしさが放棄され収縮していったいきさつと、性とは無縁になった女の威厳のようなものを語っているように思われた。
(工藤庸子訳『シェリの最後』岩波文庫、一九九四、92頁)

レアの肉体の変化は当然、久しぶりに会ったシェリを失望させる。『シェリ』の中で「上質の体は、そのまま長く保てるものよ」(16頁)と鏡の前で自分の身体を入念に点検していたレアにさえ、残酷なほどに「老い」はやって来る。『シェリの最後』

では、あまりレアの内面が語られないぶん、身体の描写はリアルに展開される。確かに女性作家にとっては、まず身体ありきなのである。

6.「老い」をめぐって

女性の老いた身体を描く女性作家を他に挙げるならば、ジョルジュ・サンド（一八〇四―七六）がいる。サンドは一九世紀に活躍した作家であり、フェミニストとしても知られる。サンドによる中期の小説『イジドラ』には高級娼婦イジドラが登場するのだが、彼女は鏡に映った年老いた自分の姿に、むしろ男性の視線からの解放を見出し安堵する。

厳しい忠告者である私の鏡、それについては男たちが皮肉たっぷりの常套句をさんざん言い、書いてきたことですが、その鏡を覗いて皺が一本増えたことや何本かの髪の毛が白くなっているのを見て、つい最近までは震え上がったものです。でも、突然、心を決めて、歳月のもたらす容色の衰えを確かめようとさえ、もう思わなくなりました。

(George Sand, *Isidora*, des femmes, 二〇〇四年、218頁)

皺が一本増えることや何本かの髪の毛が白くなるのが、老いに向かいつつある女性ならば気がかりであることは間違いない。高級娼婦という立場からすれば、老いることとは恐怖に近い事態であることだろう。男性の視線を気にして生きてきた人生にあって、「老い」を正面から突き付けられたなら、もはや女性には抵抗するすべはない。あっさり「老い」を認め、ここはむしろ「老い」は男性の視線からの解放の合図として受け入れるのだ。この瞬間よりやっと、女主人公の自分の人生が、自分のために動き始める。

もうひとつ、シモーヌ・ド・ボーヴォワール(一九〇八―八六)の『おだやかな死』(一九六四)より、女性の身体描写を引用してみよう。描かれているのは、作者の母である。

いつものように、母の顔色は悪かった。そんなに前のことではなく、一時は、年の割に若く見えると自慢した時があった。今はもう、誰も欺けなかった。確かに七十七歳の老婆であり、衰え切っていた。戦後に起こった腰の関節の痛みが、エックス・レ・バンでの温泉療法やマッサージも効き目がなく、年ごとに悪くなるばかりであり、団地の一角を一廻りするのに一時間もかかるありさまだった。一日アスピリンを六服飲んでも、痛みがひどくて、眠れなかった。二、三年前から、特に今年の冬以来、いつ見ても、目のまわりのくまが目立ち、鼻がとがって、頬が落ちくぼんでいた。

（杉捷夫訳『おだやかな死』紀伊國屋書店、一九六五、4―5頁）

『おだやかな死』は作家ボーヴォワールの母の死の、前後四週間の作者身辺の記録であり、自伝的作品のひとつである。病に冒されつつある高齢の女性の身体が克明に描写されている。病ゆえ、「老い」の延長上には「死」を感じさせもする。世代をまたぐ母と娘という女同士の「連帯」が、抗うことのできない「老い」もしくはその向こうに見え隠れする「死」を、なんとか受け入れようと奮闘するが、そのありさまを作者は冷静な視線をとおして書き留める。

女性作家の描く女性の「老い」の物語は、老いゆく肉体へのリアルで確かな直視を抜きにしては語れないのである。『シェリ』の四九歳のレアの物語も、このような「老い」をめぐる作品のひとつとして当然、読めるわけだが、その場合、シェリはあたかも彼女の姿を映し出す鏡であるかのように、レアを前にしたシェリの表情をとおして、レアは自分の「女っぷり」を確認してもいるのだろう。

7. 今日における『シェリ』、コレット

文学作品が映画化されることは珍しくないが、『シェリ』も二〇〇九年に既に『わたしの可愛い人―シェリ』というタイトルで映画化されている。スティーヴン・フリアーズ監督のもと、主演はミシェル・ファイファー。二〇世紀はじめの風俗を背景に、豪華絢爛な美しい映像が話題になった。

そして二〇一八年には『コレット』というイギリス・アメリカ映画が発表された。キーラ・ナイトレイがコレットの役を演じる。時代を先取りするような自由奔放な作家コレットの半生を描いた内容だ。保守的で男性優位な当時の社会において、いかにコレットが自由に生き、自分の才能を存分に開花させていったかをドラマチックに描く。

これら二本の映画を観るだけでも、コレットがどれほど共感を持って社会に受け入れられているかがわかる。実際、二一世紀の今日においても、彼女は十分に私たちを魅了するのである。

「わたしはしたいと思うことをしたいのよ！……パントマイムもしたいし、喜劇だってやりたい。肉襦袢がわたしの身体に合わなくって窮屈なら、裸で踊りたい……飾り気のない悲しい物語も書きたい……わたしを愛してくれるものをいとおしみ、この世でわたしが持っているものを全部あげてしまいたい」（榊原晃三訳「動物の対話」、『コレット著作集8』所収、二見書房、一九七一）とコレットは主張する。「自分のしたいと思うことをした」彼女は、一九五三年、女性初のレジオン・ドヌール勲章第二等グラントフィシエ章受勲者に見事、輝いた。彼女のポジティヴな精神が、女性に対して新しい扉を開いた瞬間だ。

さて、今日のフランス社会は、やっとコレットの精神に追い付きつつあるようだ。一九九九年にはパックス制度を制定した法律が可決され、二〇一三年には同性結婚が認可されるなど、カップルや家族の多様なあり方が受け入れられるようになった。女性の生きる選択肢が、これまでよりも格段に増えたのだ。ＬＧＢＴへの理解も広まり、性的少数者の権利を守る環境も整えられつつある。また、二〇〇〇年のパリテ法制定などをとおして、フランス社会への女性の進出の機会も見直されるに至っている。

コレットが産み出した『シェリ』の主人公が、私たちに、それまでにない女性の生き方を示唆してくれるとしたら、とても刺激的なことである。今日にも、十分通用するような新しさや行動力を身に付け、しかも優雅でロマネスクな夢を読者に抱かせてくれるレアのような登場人物はそうはいない。今もなぜ『シェリ』が読まれ続けているかを考えることは、私たちが今、どのように生きるべきかを考えることに等しく、小説を読むことのひとつの大きな楽しみがここにあると言ってもいいような気がする。

コレット年譜

一八七三年
一月二八日　パリ南東ブルゴーニュ地方のヨンヌ県サン＝ソヴール＝アン＝ピュイゼに生まれ、豊かな自然のなかで育つ。父ジュール＝ジョゼフはアルジェリア歩兵部隊を除隊後、サン＝ソヴールの収税吏となった。母アデール＝ウジェニー＝シドニー・ランドアは裕福な農園主と死別後の再婚。異父姉エロイーズ＝エミリ＝ジュリエット、異父兄エドメ＝ジュール＝アシル、兄レオポール。

一八八〇年　七歳
父、退職。

一八八五年　一二歳
家庭教師につき中等課程の教育を受ける。

一八九〇年　一七歳
財産管理の失敗から一家は破産。隣県で医師を営む異父兄アシルのもとに、家族で身を寄せる。

一八九三年　二〇歳
父の軍隊時代の友人の息子で、一四歳年上のアンリ・ゴーチエ＝ヴィラールと結婚。彼はウィリーのペンネームですでにジャーナリストとして活躍していた。パリに新居を構える。

一八九五年　二二歳
環境の変化により心身ともに疲弊し、ブルターニュへ転地療養。その後、夫妻で故郷サン＝ソヴールを訪れて思い出を新たにし、夫のすすめで学校時代の思い出を綴り始める。

一九〇〇年　二七歳
ウィリーの名前で『学校のクローディーヌ』出版。大好評を博し、『クローディーヌ』ものと魅惑と悪徳に満ちたパリのサロンを描いた『ミーヌ』ものが毎年刊行される。ウィリー名義ではあったが、大部分はコレットの筆によるものと推測されている。

一九〇三年　三〇歳
『クローディーヌは行ってしまう』出版。この作品あたりからウィリーの加筆はないと考えられている。『クローディーヌ』ものは、ベル・エポック期最大の文学的成功となった。ジョルジュ・ヴァーグにパントマイムを師事。

一九〇四年　三一歳
『動物の対話』刊行。はじめてコレット自身の名前「コレット・ウィリー」で出版された。

一九〇五年　三二歳
『動物の対話』に新たに三編加え、フランシス・ジャムの序文をつけて出版。たいへん好評で、文壇に迎え入れられる。九月、父ジュール死去。

一九〇六年　　　　　　　　　三三歳
ウィリーと離婚。自活手段として、パントマイム役者、ミュージック・ホールの踊り子となる。

一九〇七年　　　　　　　　　三四歳
『愛の隠れ家』出版。ムーラン・ルージュやアポロ座でのパントマイムが大評判になり、以降四年ほど国内外を巡演。

一九〇八年　　　　　　　　　三五歳
『ぶどうの巻きひげ』出版。初めての講演。以降、数多くの講演を行なう。自身が舞台脚本を手がけた『パリのクローディーヌ』のクローディーヌ役として出演も果たす。異父姉ジュリエット、突然の死。

一九〇九年　　　　　　　　　三六歳
『ミーヌ』と『ミーヌの迷い』を一つにまとめた『気ままな娘』を出版。

一九一〇年　　　　　　　　　三七歳
『さすらいの女』出版。この年のゴンクール賞候補となる。寄稿をきっかけに「ル・マタン」紙の編集長アンリ・ド・ジュヴネルの知己を得る。ブルターニュ半島に別荘を購入。後に『青い麦』の舞台となる。

一九一一年　　　　　　　　　三八歳
パントマイムが好評で、翌年まで巡演。

一九一二年　　　　　　　　　三九歳
九月、最愛の母死去。一二月にアンリ・ド・ジュヴネルと結婚。三歳年下

で貴族出身、コレットとは再婚。この
結婚を機に舞台生活は引退。
一九一三年　四〇歳
『ミュージック・ホールの内幕』『きず
な』（『さすらいの女』の続編）を出版。
七月、娘コレット・ド・ジュヴネル
（愛称ベル＝ガズー）誕生。「ル・マタン」
紙で劇評を発表。異父兄アシル死去。
一九一四年　四一歳
第一次世界大戦勃発。夫は召集され、
コレットは篤志看護婦としてパリの病
院勤務の後、娘を疎開させて報道記者
となり戦地へ。クリスマスをヴェルダ
ンで夫と過ごす。
一九一五年　四二歳
夫のローマ赴任にともない、コレット
も特派員としてローマ、ヴェニスへ。
一九一六年　四三歳
パリへ戻り、動物をテーマにした短編
集『動物の平和』を出版。
一九一七年　四四歳
戦争ルポルタージュ『長いとき』『廃
墟の中の子供たち』出版。『さすらい
の女』の無声映画がイタリアで製作さ
れる。
一九一八年　四五歳
夫再び前線へ。第一次世界大戦終結。
戦前の出来事のスケッチ『群集の中
で』出版。
一九一九年　四六歳
かつて書いた戯曲『仲間同士』に主演。
同書と『踊り子ミツ』を合本にして

出版。

一九二〇年　四七歳
『シェリ』を出版。アンドレ・ジッドの絶賛を浴びるなど、作家として不動の評価を得る。「ル・マタン」紙の文芸部長として劇評を担当する。この頃から、ジャン・コクトーとの交流が始まる。

一九二一年　四八歳
『シェリ』をレオポール・マルシャンと共同脚色、上演も大成功。夫アンリの前妻との間にできた息子ベルトランと、恋愛関係に。

一九二二年　四九歳
『シェリ』一〇〇回記念公演でレア役として舞台に立つ。『クローディーヌの家』『エゴイストの旅』出版。上院議員になった夫との関係が悪化。

一九二三年　五〇歳
『さすらいの女』をレオポール・マルシャンと共同脚色、上演。『青い麦』出版。少年と中年婦人の関係が不純とされ、物議を醸す。一二月、夫と別居。

一九二四年　五一歳
ベルトランとの関係も解消。「ル・マタン」紙へ寄稿することはなくなり、「ル・ジュルナル」などに劇評を執筆。『仮装した女』出版。以降、作家名は単に「コレット」となる。

一九二五年　五二歳
アンリ・ド・ジュヴネルと正式に離婚。南仏で、三番目の夫となる一六歳年下のモーリス・グドケに出会う。二五～二七年は舞台活動に注力。

一九二六年　五三歳
『シェリの最後』出版。グドケと北アフリカ旅行。

一九二八年　五五歳
『夜明け』出版。

一九二九年　五六歳
夫を挟んでの三角関係を描いた『第二の女』出版。

一九三〇年　五七歳
母親への思慕を描いた『シド』、娘への愛を描いた『ベル＝ガズーのための物語』出版。

一九三一年　五八歳
最初の夫ウィリー死去。

一九三二年　五九歳
『快楽』（四一年以降は『純粋なものと不純なもの』と改題）出版。エッセイ『牢獄と天国』出版。美容院経営や化粧品事業に進出。

一九三三年　六〇歳
『牝猫』出版。フランス各地を講演旅行。ヴィッキー・バウム原作『乙女の湖』（マルク・アレグレ監督）の脚本執筆。

一九三四年　六一歳
『言い合い』出版。これまでの劇評を集めた『黒いオペラグラス』第一巻出版。三八年までに第四巻まで刊行。映画『聖なるもの』（マックス・オフリュス監督）の脚本執筆。

一九三五年　六二歳
四月、モーリス・グドケと結婚。夫とともに豪華客船ノルマンディ号でニューヨークへ。八月、娘ベル＝ガズーが結婚。一〇月、二番目の夫アンリ・ド・ジュヴネル死去。ベルギー王立アカデミー会員に選出される。

一九三六年　六三歳
ウィリーの思い出や文壇デビューの頃の追想『わたしの修業時代』出版。『学校のクローディーヌ』映画化（セルジュ・ド・ポリニー監督）。

一九三七年　六四歳
『ベラ＝ヴィスタ』出版。

一九三八年　六五歳
『言い合い』舞台化。

一九三九年　六六歳
三人姉妹の愛憎劇『ル・トゥトゥニエ』（『言い合い』の続編）出版。第二次世界大戦勃発の報に、フランス人とアメリカ人に呼びかけるラジオ放送を行なう。

一九四〇年　六七歳
五月、ドイツ軍のフランス侵攻。コレーズ県の娘のもとに夫とともに疎開。九月、パリに戻る。『ホテルの部屋』出版。持病である重度の腰痛に苦しむ。兄レオポール死去。

一九四一年　六八歳
『ジュリー・ド・カルネラン』『さかさまの日記』出版。一二月、ユダヤ人の夫グドケがゲシュタポに逮捕され、収容所へ。コレットは奔走して、翌年二月に夫は釈放される。

一九四二年　六九歳
夫を非占領区のサン・トロペへ避難させ、ひとりパリにとどまる。腰痛激しく歩くのも困難となるが、自宅の窓からパリの街を眺めながら書いた『わたしの窓から』出版。『ジジ』の執筆に励む。

一九四三年　七〇歳
『軍帽』出版。

一九四四年　七一歳
コレット作品のなかでは最も陽気ともいえる『ジジ』出版。パリ解放。

一九四五年　七二歳
アカデミー・ゴンクールの会員に、女性では初めて選出される（一九四九年には会長に）。『美しい季節』出版。フランシス・ジャムとの書簡集『思いがけない友情』出版。第二次世界大戦終結。

一九四六年　七三歳
回想記『宵の明星』出版。

一九四八年　七五歳
『植物誌のために』出版。

一九四九年　七六歳
日々の記録『青い灯』出版。フラマリオン書店から自身の監修で『コレット全集』（全一五巻）刊行開始。『シェリ』脚本を手直ししてマドレーヌ劇場で上演。『ジジ』、ジャクリーヌ・オードリー監督により映画化（この作品は、アメリカでは一九五一年にオードリー・ヘプバーン主演で舞台化され、さらに一九五八年にヴィンセント・ミネリ監督により『恋のてほどき』のタイトルでミュージカル映画化された）。『知られた国にて』出版。

一九五〇年　七七歳
『第二の女』レオポール・マルシャンと共同脚色し、舞台化。

一九五三年　八〇歳
八〇歳の祝賀行事が行なわれ、パリの各紙も敬意を表する記事を掲載。レジオン・ドヌール勲章勲二等を授与される。『青い麦』がクロード・オータン＝ララ監督によって映画化され、好評を博す。

一九五四年　八一歳
八月三日、老衰のためパリのパレ＝ロワイヤルの自宅にて死去。コレット死去の報に一万人のパリ市民がパレ＝ロワイヤルに集まった。政府は国葬を決定したが、コレットの無信仰と二度の離婚のためにカトリック教会が難色を示し、国民葬の形でパレ＝ロワイヤル広場で執り行なわれた。ペール＝ラシェーズの墓地に眠る。カトリック教会の拒絶に対しては、イギリスのカトリック作家グレアム・グリーンがパリの枢機卿宛てに公開書簡で抗議するなど、国内外からの注目度も高かった。

訳者あとがき

――「わたしがあなたを愛したのは、いつも一時間後にお互い死んでもいいぐらいの気持ちでだった」

なんと激しくもせつない心の叫びだろう。悲しく、熱く、毅然とした覚悟だろう。本書『シェリ』(原題 *Chéri*) は、そのように恋人シェリを愛したヒロイン、レアの物語だ。

舞台は一九〇〇年代のはじめ、「ベル・エポック (美しい時代)」と呼ばれたパリ。モネやシスレーといった印象派の絵画が広く受け入れられるようになり、音楽でもラヴェルやドビュッシーなど独特の音色を響かせる作曲家が現れ、建築や工芸では、曲線が美しくて装飾的なアール・ヌーヴォーの作品がつぎつぎ世に出ていたころだ。そんな「花の都」で、レアは高級娼婦 (ココット) として生きてきた。

この高級娼婦というのが、日本ではなかなかわかりにくいが、「解説」で吉川佳英子先生も書いてくださっているとおり、フランスの伝統的な社交界と並ぶいわゆる裏社交界での花形で、美しく洗練されて教養も身につけていた。そして裏社交界といっても、出入りしていたのはヨーロッパ各地やロシア、東洋《オリエント》の王侯貴族や大富豪、大作家や芸術家などで、いわゆるパトロンになることは「男の勲章」とみなされたという。彼女たちはそんなパトロンから、豪華な邸宅やドレスや帽子、レアもつけているような高価で重い真珠やきらびやかな宝石などを贈られて、劇場やレストランやパーティーに現れた。今で言うなら、一般の女性たちも思わず憧れ、羨望のまなざしを投げかけるセレブのような面もあり、ファッション・リーダーのような存在でもあったらしい。

レアはすでにそんな高級娼婦をなかば引退しているのだが、身近にいた同業友人の息子であるシェリと、しだいに深い関係になる。とはいえ、シェリはレアのパトロンやお客になるわけではなく、それなりの財を成したレアとともにいることで、むしろ「ヒモ」と揶揄されたりする。ふたりは純粋な恋愛で結ばれているのだ。

一方で結婚は、男女の愛というよりも両家間の財産の移動という面が重要で、女性が持参金とともに富のある男性の家へ入るというものだった。この物語でも、結婚をひかえたシェリとエドメの母親どうしが、財産について火花を散らしたり、レアがシェリに、エドメのことを「あれはあなたの財産」と言ったりするが、どちらもそうした社会的な背景があったことを知ると理解しやすくなるだろう。

さて、そんな時代に繰り広げられるこの物語は、宝石や衣類、インテリアや家具調度、食器や小物に至るまで、おしゃれで美しい。料理やフルーツやワインもすべて美味しそうで、贅沢な雰囲気にうっとりため息が出るほどだ。

また、花々や樹木や鳥や虫、季節の移り変わりや空の色などの情景描写も繊細で、みずみずしい。作者のコレットは、ワインでも有名なブルゴーニュ地方の小さな町に生まれ、豊かな自然を満喫しながら育ったとのことなので、そのころに養われた感性とまなざしが、小説世界にも生き生きと反映されているのだろう。

さらに、色彩表現が印象的だ。レアとシェリの愛の世界を象徴するようなバラ色の部屋や、並木道からの緑の照り返し、薄紫の月のように光を投げかける丸い電灯など、目の前に絵か映像が浮かんでくるようだし、物語の冒頭、逆光の窓辺で黒いシルエットになったシェリが、ベッドのほうへ引き返すなり、一変してまた真っ白になるところはとりわけ鮮烈だ。黒と白は、レアにとってシェリが悪魔のようにも天使のようにも感じられることの象徴でもあろうし、そこに恋や愛の苦しみと、喜びのイメージも重ねられているのかもしれない。

冒頭のこの黒から白への変化には、ふと、光線の変化による景色の移ろいを追求した画家クロード・モネの『ルーアン大聖堂』や『積みわら』の連作が思い浮かんだが、本書にはほかにも印象派の画家たちの描き方を言葉で表したような、詩的な表現が繰り返し出てくる。麦わらの日よけの下にできた金色の陰とか、唇のふたつの山に宿る銀色の光、赤いカーペットの照り返しで紫に染まって見える裸身等々。

視覚だけではない。この作品は嗅覚にも聴覚にも訴えてくる。白檀の香水、闇のなかで香るライラックの花。夜の鳥の鳴き声、カリヨンのように鳴る牛乳配達車の牛乳瓶……。

そして触覚にも。耳元にかかるあたたかな息、酔いしれて耳が遠くなり息も切れぎれになるようなキス、自分の心臓の上で鼓動を打つもうひとつの心臓……。これは、五感すべてで味わうことのできる物語だといえるだろう。

人間観察も鋭い。女どうしの集まりに出かけていくレアが「戦いに出る者の顔」になるというのには、なるほどと感心させられるし、「すごい美人」だが「蛇のよう」なマリー＝ロールとの会話の応酬が、フェンシングの試合になぞらえられているのもおもしろい。年上の元高級娼婦たちへの視線には皮肉がきいていて可笑しみもあり、堅実で頼りになる家政婦ローズがなにげなく漏らす本音に、思わず笑わされたりもする。

男女の立場や視線が、レアとシェリでは逆転しているような様子にも注目したい。高級娼婦と二十四歳も年下の男の子という、特殊な関係性や年齢差もあるだろうが、それにしても、男性が美しい女性を見て楽しむという一般的な伝統に対し、この物語では、大柄でたくましさと強さも感じさせる女性が、美しく華奢で色の白い男性を見て楽しんでいる。主体的に男性に関わろうとするレアは、二十一世紀になった今でもじゅうぶん現代的で、心の動きも身近に感じられる。

だがなによりすごいのは、愛をめぐる女たち――若いエドメと大人の女レアの、それぞれの心の揺れや葛藤、プライド、抑えきれない気持ち、そして激情が、まるで舞台劇でも観ているようにリアルに、スリリングに迫ってくることだ。人生の一時期、舞台に深く関わったコレットならではなのだろうが、読みながら誰の胸にも（とりわけエドメやレアと同じ女性読者の胸には）、恋や愛で流した涙や負った傷、味わったときめきや幸せの記憶などが、ありありとよみがえってくるのではないだろうか。あるいは、まるで自分がエドメに、レアになったように、そうした感情のただなかに放り込まれるのではないだろうか。

レアとシェリが再会してからの最後の場面は、一気読み必至だ。幸福の絶頂から、息もつかせぬ迫真のやり取りが二転三転して、ラストの一文までスリリング。途中、不意を突かれて思わず涙が噴き出るところもあるかもしれない。そして最後は胸を衝かれる。時間の流れのなかで生きるしかない人間の運命、その流れとともに誰にでもやってくる老い、それでも胸から消えない愛について、思いをめぐらさずにはいられない。

ちなみにレアの年齢は、四十九歳とされている。冒頭から、ネックレスの真珠の数で粋に告げられるが、当時は「もう人生が終わる女もたくさんいるような歳」だったと、レアは物語終盤でつぶやいている。

老いについては物語のなかでさまざまに描写され、語られてもいるが、すでにレアより年齢を重ねている訳者としては、心に留まったレアの次のひとことを、読者のみなさんにもお贈りしたいと思う。

――「ここからは未知の領域。楽しくやっていけばいい」

「始めから終わりまで、一箇所といって、軟弱なところ、冗漫な文章、陳腐な表現がありません。(中略)じつに見事な筆致です! 対話も申し分なく自然です。脇役の人物たちも素晴らしい!(後略)」(岩波文庫『シェリ』工藤庸子訳 解説より)

一九二〇年、『シェリ』が出版されると、当時のフランス文壇に君臨していたというアンドレ・ジッドは、コレットにこう手紙を書き送ったそうだ。コレットは四十七歳。年譜を参照していただければわかるとおり、それまでに何作も作品を発表していたが、この『シェリ』で不動の評価を得て、彼女が敬愛していたプルーストからもいっそう支持されるようになったという。

そうした作品を現代の日本で翻訳するのは、訳者にとって大きな喜びであったものの、大変さもまたひとしおだった。頭のなかにはつねに豊かで美しいイメージが濃密に渦巻いているのだが、どうすれば、どんな日本語なら、それが今の読者に伝わるのだろうとあれこれ考えたり、書き直したり。そうするうちに、あっという間に時間が過ぎていく。当時のフランス人ならすぐにわかったであろうことも、今の日本ではピンとこないことも多く、「注」も多めとなった。現代のテンポで読めるよう、改行も適宜加えた。

そのようにたいへん時間のかかった翻訳を辛抱強く待ち、あたたかく支えてくださった光文社古典新訳文庫編集部の今野哲男さん、小都一郎さん、丹念に訳稿をチェックしてくださった校閲部のみなさん、原文の疑問点に詳しく答えてくださった上智大学フランス語学科のシモン・テュシェ教授、解説を書いてくださった吉川佳英子先生、そして訳者に本書の翻訳を勧めてくださった古典新訳文庫創刊編集長の駒井稔さんに、心から感謝申し上げる。また工藤庸子氏の著訳書には、学ばせていただくことも多かった。あわせてお礼申し上げたい。

二〇一九年三月　　河野万里子

kobunsha classics
光文社古典新訳文庫

シェリ

著者　コレット
訳者　河野《こうの》　万里子《まりこ》

2019年5月20日　初版第1刷発行

発行者　田邉浩司
印刷　萩原印刷
製本　ナショナル製本

発行所　株式会社光文社
〒112-8011東京都文京区音羽1-16-6
電話　03（5395）8162（編集部）
03（5395）8116（書籍販売部）
03（5395）8125（業務部）
www.kobunsha.com

ISBN978-4-334-75401-3 Printed in Japan

いま、息をしている言葉で、もういちど古典を

長い年月をかけて世界中で読み継がれてきたのが古典です。奥の深い味わいある作品ばかりがそろっており、この「古典の森」に分け入ることは人生のもっとも大きな喜びであることに異論のある人はいないはずです。しかしながら、こんなに豊饒で魅力に満ちた古典を、なぜわたしたちはこれほどまで疎んじてきたのでしょうか。

ひとつには古臭い教養主義からの逃走だったのかもしれません。真面目に文学や思想を論じることは、ある種の権威化であるという思いから、その呪縛から逃れるために、教養そのものを否定しすぎてしまったのではないでしょうか。

いま、時代は大きな転換期を迎えています。まれに見るスピードで歴史が動いていくのを多くの人々が実感していると思います。

こんな時わたしたちを支え、導いてくれるものが古典なのです。「いま、息をしている言葉で」——光文社の古典新訳文庫は、さまよえる現代人の心の奥底まで届くような言葉で、古典を現代に蘇らせることを意図して創刊されました。気取らず、自由に、心の赴くままに、気軽に手に取って楽しめる古典作品を、新訳という光のもとに読者に届けていくこと。それがこの文庫の使命だとわたしたちは考えています。

このシリーズについてのご意見、ご感想、ご要望をハガキ、手紙、メール等で翻訳編集部までお寄せください。今後の企画の参考にさせていただきます。
メール　info@kotensinyaku.jp

★続刊

ペーター・カーメンツィント　ヘッセ／猪股和夫・訳

豊かな自然のなかで育ったペーターは、文筆家を目指し都会に出る。友を得、恋もしたが、都会生活の虚しさから異郷をさまよった末、故郷の老父のもとに戻るのだった……。美しい自然描写と青春の苦悩、故郷への思いを描いた出世作。

シークレット・エージェント　コンラッド／高橋和久・訳

大都市ロンドンの片隅で雑貨店を営むミスター・ヴァーロックは、実は某国大使館に雇われたアナキストである。しかしその怠惰な働きに業を煮やした上層部は、彼にグリニッジ天文台の爆破を命じ……。テロをめぐる皮肉な人間模様を描く傑作。

存在と時間6　ハイデガー／中山元・訳

二〇世紀最大の哲学書と言われる『存在と時間』を詳細な解説付きで読解する。第六巻では、頽落した日常的な生き方をする現存在の全体性について、〈死に臨む存在〉と〈良心〉という観点から考察、分析する（第二篇第二章第六〇節まで）。